Das Buch

Das Gefühl, am Leben vorbeizuleben, hat wohl jeden schon einmal beschlichen. Oskar Külz aus Berlin bildet darin keine Ausnahme. Und doch ist Külz ein besonderer Fall. Insofern nämlich, als er in die Tat umsetzt, wovon andere nur zu träumen wagen: Külz, Inhaber eines gutgehenden Schlachterladens und Vater dreier Söhne, beschließt, dem Gleichmaß seines Alltags zu entfliehen und auf Reisen zu gehen. In Kopenhagen wird er in eine turbulente Kunstraubaffäre verwickelt, bei der nicht nur Räuber und Beraubte mehrfach wechseln, sondern auch Original und Kopie der gestohlenen Miniatur wiederholt verwechselt werden …

Der Autor

Erich Kästner, geboren am 23. Februar 1899 in Dresden, studierte Germanistik, Geschichte und Philosophie. 1925 Promotion. 1927 Übersiedelung nach Berlin. Neben schriftstellerischer Tätigkeit Theaterkritiker und freier Mitarbeiter bei verschiedenen Zeitungen. Während der Nazizeit Publikationsverbot. Von 1945 bis zu seinem Tode lebte Kästner in München und war dort u. a. Feuilletonchef der ›Neuen Zeitung‹ und Mitarbeiter der Kabarett-Ensembles ›Die Schaubude‹ und ›Die kleine Freiheit‹. Er starb am 29. Juli 1974.

dtv großdruck

Erich Kästner:
Die verschwundene Miniatur
oder auch
Die Abenteuer eines empfindsamen
Fleischermeisters

Deutscher
Taschenbuch
Verlag

dtv

Dieses Buch liegt auch im Normaldruck als Band 11009 im Deutschen Taschenbuch Verlag vor.

Von Erich Kästner sind außerdem erschienen:
Doktor Erich Kästners Lyrische Hausapotheke (11001)
Bei Durchsicht meiner Bücher (11002)
Herz auf Taille (11003)
Lärm im Spiegel (11004)
Ein Mann gibt Auskunft (11005)
Fabian (11006)
Gesang zwischen den Stühlen (11007)
Drei Männer im Schnee (11008)
Der kleine Grenzverkehr (11010)
Der tägliche Kram (11011)
Die kleine Freiheit (11012)
Kurz und bündig (11013)
Die 13 Monate (11014)
Notabene 45 (11016)

Ungekürzte Ausgabe
Nach dem Text der ›Gesammelten Schriften‹
(Atrium Verlag, Zürich 1959) unter Hinzuziehung
der Erstausgabe von 1935
1. Auflage Februar 1990
Deutscher Taschenbuch Verlag GmbH & Co. KG,
München

ISBN 3-85535-910-5
Umschlaggestaltung: Celestino Piatti
Gesamtherstellung: C. H. Beck'sche Buchdruckerei,
Nördlingen
Printed in Germany · ISBN 3-423-25034-8
1 2 3 4 5 6 · 95 94 93 92 91 90

Inhalt

Das erste Kapitel
Papa Külz ißt einen Aufschnitt

Jener Platz in Kopenhagen, an dem die Königliche Oper steht, heißt der Kongens Nytorv. Es ist ein außerordentlich freundlicher, geräumiger Platz. Und will man ihn mit der Muße betrachten, auf die er Anspruch hat, setzt man sich am besten vors Hotel d'Angleterre.

Unter freiem Himmel, vor der Front des Hotels, stehen in langen Reihen Stühle und Tische. Gäste aus aller Welt sitzen nebeneinander, lassen sich sorgfältig bedienen und finden sich notgedrungen mit den Annehmlichkeiten des Lebens ab. Übrigens kehren kein Stuhl und kein Gast dem Platz den Rücken. Man sitzt wie im Parterre eines vornehm bewirtschafteten Freilichttheaters, blickt gemeinschaftlich zur Fassade des Opernhauses hinüber und ergötzt sich an dem heiteren Treiben, das die Kopenhagener Bürger ihren Fremden darzubieten gewohnt sind.

Es ist schon recht sonderbar mit diesem Kongens Nytorv! Man mag jahrelang nicht mehr in Dänemark gewesen sein, und inzwischen gab's auf jeden Fall in etlichen Staaten Revolution, vielleicht wurde der Usurpator von Afghanistan von den Parteigängern seines Cousins aufgeknüpft, und in Japan stürzten bei einem Erdbeben mindestens zehntausend Häuser ein, als seien sie aus Altenburger Skatkarten erbaut gewesen –, wenn man dann wieder aus der Amagergade herauskommt, sich nach links wendet und zum d'Angleterre blickt, sitzen noch immer jene eleganten Frauen und distinguierten Fremden, in fünf Reihen gestaffelt, vorm Hotel, unterhalten sich in einem Dutzend Sprachen, mustern geduldig das fröhliche Treiben und verbergen mühsam hinter der Gelassenheit ihrer Mienen, wie gut die dänische Küche schmeckt.

Am Kongens Nytorv steht die Zeit still.

Infolge dieses Umstandes erübrigt es sich begreiflicherweise, den Zeitpunkt näher zu bestimmen, an dem Fleischermeister Oskar Külz den Platz überquerte und aufs Hotel d'Angleterre zusteuerte.

Külz trug einen grünen imprägnierten Lodenanzug, einen braunen Veloursbut und einen buschigen, graumelierten Schnurrbart. In der rechten Hand hielt er einen knorrigen Spazierstock, in der linken Griebens Reiseführer für »Kopenhagen und Umgebung«.

Vor der Balustrade, hinter der die vordersten Tische standen, machte er halt und blickte nachdenklich und zögernd über die an den Stuhlketten aufgereihten Gäste hin. Hierbei bemerkte er, daß sich eine sehr geputzte und lackierte Dame flüsternd zu ihrem Begleiter beugte und daß dieser ihn musterte und milde belächelte, als gelte es etwas zu verzeihen.

Das war entscheidend. Hätte jener Herr nicht gelächelt, so wäre Fleischermeister Külz weitergegangen. Und dann hätte die Geschichte, die jetzt allmählich beginnt, einen anderen Verlauf nehmen müssen, als sie schließlich und tatsächlich nahm.

So aber murmelte Külz das Wort »Schafszipfel« und setzte sich protzig und breitspurig an ein freies Tischchen. Damit geriet er in das Räderwerk von Ereignissen, die ihn zwar nichts angingen und die ihn doch in kürzester Zeit fünf Pfund seines Lebendgewichts kosten sollten.

Als Külz sich setzte, stöhnte der zierliche Stuhl vor Schmerz auf. Ein Pikkolo flitzte herbei und fragte: »Please, Sir?«

Der Gast schob den Veloursḣut ins Genick. »Menschenskind, ich kann kein Dänisch. Bring mir ein Töpfchen Helles! Aber ein großes Töpfchen.«

Der Pikkolo verstand nichts, verneigte sich und verschwand im Hotel. Külz rieb sich die Hände.

Dann tauchte ein befrackter Kellner auf. »Womit kann ich Ihnen dienen, mein Herr?«

Der Gast blickte mißtrauisch hoch. »Mit einem großen Pilsner«, erklärte er. »Schicken Sie mir nun noch den Geschäftsführer auf den Hals, oder ist es Ihnen lieber, wenn ich ein schriftliches Gesuch einreiche?«

»Ein Pilsner, sehr wohl!«

»Und was zum Essen. Einen kleinen Aufschnitt, wenn's nicht zuviel Umstände macht. Mit verschiedenen Wurstsorten. Mich interessiert eure dänische Wurst beruflich. Ich bin ein Berliner Fleischermeister.«

Der Kellner verriet nicht, was er dachte, verneigte sich statt dessen und verschwand.

Külz stellte seinen Spazierstock an die Balustrade, stülpte den braunen Veloursnut auf den vergilbten Horngriff und lehnte sich wohlgemut zurück.

Die Stuhllehne ächzte.

Er betrachtete Stuhl und Tisch und sagte bekümmert: »Die reinsten Konfirmandenmöbel!«

Diese Bemerkung brachte es mit sich, daß ein Fräulein, das allein am Nebentisch saß, lachen mußte.

Oskar Külz war überrascht. Er drehte den Oberkörper halbrechts, machte eine ungeschickte Verbeugung und sagte: »Entschuldigen Sie vielmals!«

Das Fräulein nickte ihm munter zu. »Wieso? Ich bin auch aus Berlin.«

»Aha!« erwiderte er. »Deshalb sprechen Sie deutsch!« Anschließend wurde ihm die bodenlose Tiefsinnigkeit seiner Schlußfolgerung klar. Er schüttelte, ärgerlich über sich selber, den Kopf und stellte sich, da ihm nichts Klügeres einfiel, vor. »Mein Name ist Külz«, sagte er.

Sie schlug die Hände zusammen. »Sie sind Herr Külz? Nein, das ist lustig! Dann kaufen wir ja unser Fleisch bei Ihnen!«

»Bei Oskar Külz?«

»Das weiß ich nicht. Gibt es denn mehrere Külze?«

»Das kann man wohl sagen.«

»Am Kaiserdamm.«

»Das ist Otto, mein Jüngster.«

»Eine ausgezeichnete Fleischerei«, versicherte sie.

»Doch, doch. Aber von Leberwurst versteht er nichts. Da sollten Sie mal bei Hugo Leberwurst kaufen! Das ist mein zweiter Junge. In der Schloßstraße in Steglitz. Der macht Leberwurst! Meine Herren!«

»Ein bißchen weit, wenn man am Kaiserdamm wohnt«, meinte sie. »Trotz seiner Leberwurst.«

»Dafür hat Hugo nun wieder keine blasse Ahnung von Fleischsalat. Der ist ihm nicht beizubringen!« erklärte Vater Külz streng.

»So, so«, sagte das Fräulein.

»Fleischsalat, das ist die Spezialität von Erwin. Dem Mann meiner ältesten Tochter. In der Landsberger Allee. Erwin macht Ihnen eine Mayonnaise, – dafür lassen Sie alles andere stehen und liegen, Fräulein!«

»Und wo ist Ihr eigenes Geschäft?« fragte sie eingeschüchtert. Die vielen Fleischermeister begannen ihr langsam über den Kopf zu wachsen.

»In der Yorckstraße«, sagte er. »Im vorigen Oktober hatte ich das dreißigjährige Jubiläum. Mein Bruder Karl hat's im nächsten Jahr. Im April. Nein, im Mai.«

»Ihr Herr Bruder ist auch Fleischer?« fragte sie besorgt.

»Natürlich! Mit drei Schaufenstern! Am Spittelmarkt. Und Arno, mein Ältester, auch. Der hat seinen Laden am Breitenbachplatz. Na, und Georg, mein andrer Schwiegersohn, hat sein Geschäft in der Uhlandstraße. Dabei wollte Hedwig, meine zweite Tochter, alles andre eher heiraten – einen Lehrer oder einen Klavierspieler oder einen Feuerwehrmann, nur keinen Fleischer! Und dann hat sie doch den Georg genommen. Der war bei mir zwei Jahre lang erster Geselle.«

»Um alles in der Welt!« sagte das Fräulein erschöpft. »Lauter Fleischer! Davon kann man ja träumen!«

»Es ist Schicksal!« meinte Külz. »Mein Großvater war Fleischer. Mein Vater war Fleischer. Mein Schwiegervater war Fleischer. Uns liegt das Wurstmachen gewissermaßen im Blut.«

»Ein schönes Bild«, behauptete das Fräulein.

In diesem Augenblick kam der Oberkellner. Er schob einen Rolltisch, behutsam wie einen Kinderwagen für Zwillinge, vor sich her. Auf dem Rolltisch befanden sich ein Glas Bier und eine Platte mit Wurst und Braten.

Wenn ein Fleischermeister beim Anblick einer Wurstplatte erschrickt, muß das besondere Gründe haben.

Külz erschrak sehr. »Das ist wohl ein Mißverständnis«, sagte er. »Ich habe einen kleinen Aufschnitt bestellt, und Sie bringen eine Platte für zwölf Personen!«

Der Kellner zuckte die Achseln. »Der Herr wollte die dänische Wurst studieren.«

»Aber doch nicht bis Weihnachten!« knurrte Külz.

Seine Nachbarin lachte und meinte: »Sie sind ein Opfer Ihres Berufs. Beißen Sie die Zähne zusammen, lieber Herr Külz, und lassen Sie sich's gut schmecken!«

Auf dem Kongens Nytorv trippelten Tauben. Blau, grau und silbergrün war ihr Gefieder. Sie nickten eifrig mit den Köpfen. Weswegen sie mit den Köpfen nickten, läßt sich schwer beurteilen. Vielleicht war es nur eine schlechte Angewohnheit? Wenn ein Auto des Wegs kam, flogen sie auf. Wie Wolken, die zum Himmel heimkehren.

Fleischermeister Külz ergriff Messer und Gabel. »Dazu bin ich nun ausgerissen«, murmelte er erschüttert.

Etliche Reihen weiter hinten, neben dem Hoteleingang, saßen zwei Herren und lasen. Vielleicht hielten sie die Zeitungen auch aus anderen Gründen vors Gesicht. Man hat sich seit Gutenbergs epochaler Erfindung zu sehr daran gewöhnt, anzunehmen, daß alle Leute, die etwas Gedrucktes vors Gesicht halten, tatsächlich lesen.

Ja, wenn das so wäre!

Im vorliegenden Falle war es jedenfalls nicht so. Die beiden Herren lasen keineswegs, sondern benutzten die Zeitungen als Versteck. Über den Rand der Blätter hinweg beobachteten sie Fleischermeister Külz und das Berliner Fräulein. Der eine der Herren sah ungefähr wie ein Heldentenor aus, der sich seit seinem vierzigsten Jahre mit Rotwein statt mit Gesang beschäftigt hat. Nicht mit dem Anbau des Rotweins, sondern mit dessen Verbrauch. Die Nase konnte – will man sich eines musikalischen Ausdrucks bedienen – ein Lied davon singen. Sie war blaurot und erinnerte an Frostbeulen.

Der andere Herr war klein und unterernährt. Auch sein Gesicht war nicht mehr ganz neu. Die Ohren saßen ungewöhnlich hoch am Kopf. Wie bei einer Eule. Zudem standen sie ab, und der Sonnenschein machte sie transparent.

»Sicher eine bestellte Sache«, meinte der Tenor. Seine Stimme klang genau so, wie seine Nase aussah.

Der Kleine schwieg.

»Es soll wie ein zufälliges Zusammentreffen wirken«, fuhr der andere fort. »Ich glaube nicht an Zufälle.«

Der kleine Herr mit den verrutschten Ohren schüttelte den Kopf. »Es ist trotzdem Zufall«, meinte er. »Daß der alte Steinhövel dem Mädchen jemanden schickt, ist denkbar. Daß er einen Riesen schickt, der in Kopenhagen als Tiroler auftritt, ist Blödsinn. Ebenso gut könnte er dem Kerl ein Schild umhängen und draufschreiben, worum sich's handelt.«

»Wäre mir entschieden lieber«, sagte der Rotweinspezialist. »Immer diese Unklarheiten.«

Der Kleine lachte. »Du kannst ja rübergehen und fragen.«

Der andere knurrte, trank sein Glas leer und füllte es wieder. »Und warum hat sie ihr Hotelzimmer noch nicht gekündigt?«

»Weil sie erst morgen abreist.«

»Und weil sie auf den Tiroler gewartet hat! Paß auf, ich habe recht! So wahr ich Philipp Achtel heiße!«

»Ach, du himmlische Güte!« Der Kleine kicherte. »So wahr du Philipp Achtel heißt? Nur genau so wahr?«

Herr Achtel wurde ärgerlich. »Laß deine Anspielungen!« sagte er. Seine Stimme klang noch verrosteter als vorher. Und er fuhr sich nervös mit der Hand übers Haar.

»Es ist schon ganz hübsch nachgewachsen«, erklärte der Kleine und zwinkerte belustigt. »Man sieht dir wirklich nicht an, daß du noch gar nicht lange aus dem Sanatorium zurückbist.«

»Halte deine Schandschnauze!« sagte Herr Achtel. »Der Tiroler frißt übrigens wie ein Scheunendrescher.«

Der Kleine stand auf. »Ich rufe den Chef an. Mal hören, was er von Scheunendreschern hält.«

Beharrlich vertilgte Fleischermeister Külz eine Scheibe Wurst nach der andern. Aber es war eine Sisyphusarbeit. Schließlich legte er Besteck und Serviette beiseite, blickte unfreundlich auf die Platte, die noch reich beladen war, und zuckte die Achseln. »Ich geb's auf!« murmelte er und lächelte dem hübschen Fräulein zu.

»Hat's geschmeckt?«

Er nickte ermattet. »Alles, was recht ist. Die Dänen verstehen was von Wurst.«

Der Oberkellner kam und räumte ab.

Külz holte eine Zigarre hervor und rauchte sie voller Empfindung an. Dann schlug er ein Bein übers andre und meinte: »Wenn mich meine Alte hier sitzen sähe!«

»Warum haben Sie denn Ihre Frau Gemahlin nicht mitgebracht?« erkundigte sich das Fräulein. »Mußte sie im Geschäft bleiben?«

»Nein, es war eigentlich anders«, erwiderte Külz elegisch. »Sie weiß gar nicht, daß ich in Kopenhagen bin.«

Das Fräulein blickte ihn erstaunt an.

»Meine Söhne wissen auch nichts davon«, fuhr er

verlegen fort. »Meine Töchter auch nicht. Meine Schwiegersöhne auch nicht. Meine Schwiegertöchter auch nicht. Meine Geschwister auch nicht. Meine Enkel auch nicht.« Er machte eine Atempause. »Ich bin einfach getürmt. Schrecklich, was?«

Das Fräulein hielt mit ihrem Urteil zurück.

»Ich konnte plötzlich nicht mehr«, gestand Herr Külz. »Am Sonnabend abend ging's los. Wieso, weiß ich selber nicht. Wir hatten im Laden viel zu tun. Ich ging über den Hof und wollte im Schlachthaus einen Spieß Altdeutsche holen. Ich blieb vor den Schlachthausfenstern stehen. Der zweite Geselle drehte Rindfleisch durch den Wolf. Wir verkaufen nämlich sehr viel Geschabtes. Ja, und da sang eine Amsel.« Er strich sich den buschigen Schnurrbart. »Vielleicht war gar nicht die Amsel daran schuld. Aber mit einem Male fiel mir mein Leben ein. Als hätte der liebe Gott auf einen Knopf gedrückt. Zentnerschwer legten sich alle Kalbslenden, Rollschinken, Hammelkeulen und Schweinsfüße der letzten dreißig Jahre auf meine Seele. Mir blieb die Luft weg!« Er zog nachdenklich an der Zigarre. »Mein Leben ist natürlich nichts Besondres. Aber mir hat's genügt. Immer wenn man dachte: ›Nun hast du dir ein paar Groschen gespart‹, wollte eines der Kinder heiraten. Und dann mußte man einem der Jungen oder einem der Schwiegersöhne ein Geschäft kaufen.

Oder es kam der Bruder oder ein Schwager und hielt die Hand hin. Nie habe ich für mich selber Zeit gehabt.« Er senkte den grauen Schädel. »Na ja, und gerade als mir das einfiel, sang dieses Mistvieh von einer Amsel. Sehen Sie, Fräulein, so ein langes Leben – und weit und breit nichts als Wurstspeiler, Eisschränke, Hackklötze, Darmbestellungen und Pökelfässer! Das hält kein Schwein aus, geschweige ein Fleischer!« Der alte Mann hob müde die Hände und ließ sie wieder sinken. Und sein treuherziges Gesicht war voller Trauer.

»Und dann?« fragte das Fräulein behutsam.

»Dann holte ich erst einmal den Spieß Altdeutsche nach vorn. Und nach Geschäftsschluß rechneten wir ab. Es war genau wie an jedem Sonnabend. Aber ich tat alles wie ein aufgezogener Automat. Und später fuhren wir zu Hedwig und Georg. Otto und seine Frau waren auch da. Und wir sprachen vom Umsatz, von den Engrospreisen und von den Kindern. Fritz hätte aus der Schule den Keuchhusten mitgebracht. Und der kleine Kurt hätte gesagt, wenn er erst groß wäre, würde er Obermeister in der Fleischerinnung.«

Oskar Külz zog sein Taschentuch hervor und trocknete sich die Stirn, auf der sich die Längsfalten wie unbeschriebene Notenlinien ausnahmen. »Ich liebe meine Familie«, sagte er, »und meinen Beruf liebe ich auch. Aber plötzlich hing mir das alles zum Hals heraus. Die Wurstmaschine, die ich geworden bin, blieb mit einem Ruck stehen. Kurzschluß! Aus! Soll man wirklich nur arbeiten? Und soll man wirklich nur an andere denken? Ist die Welt dazu schön, damit man, ohne sich umzudrehen, vom Schlachthof geradenwegs auf den Friedhof galoppiert? Jeder Mensch denkt gelegentlich einmal an sich selber. Und nur der olle Külz soll das nicht dürfen?«

Er schüttelte den Kopf. »Vielleicht sollte man den Amseln polizeilich das Singen verbieten. Kann sein. Kann sein, auch nicht. Das ist nicht mein Gebiet. Am Sonntag morgen, früh um fünf Uhr, stand ich jedenfalls auf. Sagte Emilie, meiner Frau, ich wolle in Bernau Selbmann besuchen. (Er und ich, wir waren seinerzeit miteinander bei Schmitz in Potsdam Gesellen.) Dann steckte ich mir Geld ein und fuhr auf den Stettiner Bahnhof. Dort sah ich nach, wann ein Schnellzug führe. Möglichst weit weg. Und am Sonntag nachmittag war ich in Kopenhagen.« Er lächelte in der Erinnerung an seine Flucht. Er lächelte wie ein Junge, der die Schule geschwänzt hat. Das wirkte, vor allem im Hinblick auf seinen buschigen grauen Schnurrbart, wie ein Lächeln mit sehr, sehr viel Verspätung.

»Herr Külz«, meinte das Fräulein, »Sie sind ein alter Sünder.«

»Nicht doch!«

»Haben Sie sich wenigstens tüchtig umgeschaut?« fragte sie.

»O ja«, sagte er. »Es reicht. Ich war in Roeskilde. Ich war drüben in Malmö. Ich war an Hamlets Grab. Obwohl es sehr zweifelhaft ist, ob er drinliegt. Ich war oben in Gilleleje und habe im Meer gebadet. Liebes Fräulein, daß man nicht früher angefangen hat, sich die Welt anzusehen – ich könnte mich stundenlang backpfeifen.«

»Und wie oft«, fragte sie, »haben Sie Ihrer Familie geschrieben?«

»Überhaupt nicht«, erklärte er. »Die werden sich wundern, wie lange ich in Bernau bleibe!«

»Entschuldigen Sie«, sagte das Fräulein ernst, »aber das geht entschieden zu weit! Ihre Frau hat doch spätestens am Montag früh in Bernau angerufen und erfahren, daß Sie gar nicht dort waren!«

»Glauben Sie?« fragte er. »Das sähe Emilie ähnlich.«

»Vielleicht glaubt man, daß Ihnen ein Unglück zugestoßen ist! Ihre Familie wird in tausend Ängsten schweben.«

»Soll sie schweben!« bemerkte er gelassen. »Külz will auch mal seine Ruhe haben. Man ist ja schließlich kein Weihnachtsmann!«

Das Fräulein schwieg eine Weile. Dann sagte sie: »Ich weiß natürlich nicht genau, wie einem als Fleischermeister und Großvater zumute ist.«

»Eben«, meinte er.

»Aber eines weiß ich. Daß Sie jetzt schleunigst

eine Ansichtskarte besorgen und Ihrer Frau schreiben. In der Hotelhalle gibt es Karten.«

Külz blickte das Fräulein von der Seite an.

Sie sagte: »Ich bitte darum.«

Er gab sich einen Ruck, stand auf, schritt ins Hotel und murmelte: »Schon wieder unterm Pantoffel!«

In der Hotelhalle war ein Kiosk. Külz holte die Lesebrille aus dem Futteral, setzte sie auf und musterte die Ansichtskarten. Nach längerem Suchen entschied er sich für eine prachtvolle Hafenansicht, hielt die Karte der Verkäuferin entgegen und sagte: »Dazu eine Sechspfennigmarke. Oder kostet es nach Deutschland mehr?«

Die Verkäuferin hing an seinen Lippen.

»Eine Sechspfennigmarke«, knurrte er. »Ein bißchen dalli!«

Da meinte neben ihm ein kleiner Herr, der sich durch viel zu hoch gelegene Ohren auszeichnete: »Sechspfennigmarken werden Sie hier kaum bekommen. Sie würden Ihnen auch nicht viel nützen.«

»Dann muß sie mir eben eine Zwölf- oder Fünfzehnpfennigmarke geben!«

Der kleine Herr schüttelte den Kopf. »Die gibt's hier auch nicht.«

»Das ist mir unverständlich. Wer Postkarten verkauft, hat auch Briefmarken zu haben.«

Der kleine Herr lächelte, und dabei rutschten seine Ohren noch höher. »Marken gibt's hier schon«, sagte er. »Aber keine deutschen. – Vielleicht versuchen Sie's mal mit dänischen?«

Das zweite Kapitel
Irene Trübner hat Angst

Der kleine Herr war sehr hilfsbereit gewesen. Guten Menschen bereitet es ja immer Vergnügen, anderen zu helfen. Sie sind Epikureer und befriedigen, indem sie Gutes tun, ihre moralische Lust. Wie dem auch sei – Fleischermeister Külz hatte die angemessen frankierte prächtige Hafenansicht in der Hand und unterhielt sich mit dem kleinen Herrn. Sie sprachen schon seit fünf Minuten miteinander. Es geht nichts über die Sympathie zwischen reifen Männern.

Schließlich zeigte Külz dem fremden Herrn seine Brieftasche und ließ sich über die Kaufkraft der dänischen Banknoten, besonders im Vergleich zum deutschen Geld, ausführlich unterrichten. Der kleine Herr hätte fast vergessen, die Brieftasche zurückzugeben.

Darüber mußten beide Männer herzlich lachen.

»Nun muß ich aber wieder an meinen Tisch«, meinte der Berliner. »Mein Name ist Külz. Es hat mich sehr gefreut.«

»Ganz meinerseits«, erwiderte der kleine Herr. »Ich heiße Storm.«

Sie schüttelten einander die Hand.

Im selben Augenblick fuhr vorm Hotel ein Zeitungsbote vor, sprang vom Rad und rannte mit einem Packen Zeitungen durchs Portal in die Halle. Das Fräulein im Kiosk blickte auf die Schlagzeilen und bekam auf den Backen runde rote Flecken. Der Bote lief rasch zu seinem Rad zurück und fuhr hastig weiter. Auf der Straße blieben die Passanten stehen und blickten gemeinsam in die neuen Blätter.

Die Gäste in der Halle spürten, daß etwas los war. Sie drängten zum Kiosk und kauften Zeitungen. Sie lasen die Nachrichten und redeten in sämtlichen Weltsprachen durcheinander.

»Es ist wie beim Turmbau zu Babel«, stellte Külz fest. »Ich bin eigentlich gar nicht böse darüber, daß ich kein Wort von diesem Spektakel verstehe.«

Der kleine Herr nickte höflich. »Zweifellos. Unkenntnis ist eine Gabe Gottes. Wer viel weiß, hat viel Ärger.« Er kaufte eine Zeitung und überflog die erste Seite.

»Nun werde ich doch neugierig«, sagte Külz. »Was ist denn geschehen? Gibt's Krieg?«

»Nein«, meinte Storm. »Es sind Kunstgegenstände verschwunden. Im Werte von einer Million Kronen.«

»Aha«, sagte Külz. »Na, dann will ich mal meine Ansichtskarte schreiben.« Er gab Herrn Storm freundlich die Hand und ging.

Der kleine Herr blickte ihm verdutzt nach. Dann trat er vors Portal und setzte sich zu Herrn Philipp Achtel. Auch dieser las das eben erschienene Blatt. Er studierte die erste Seite aufs genaueste. Dann sagte er: »Was es so alles gibt!«

»Von den Tätern fehlt vorläufig jede Spur«, meinte Herr Storm.

»Hoffentlich erwischt man sie bald.«

»Bevor sie noch mehr mausen.«

»Eben.«

Sie lächelten dezent und schwiegen eine Weile. Dann fragte Herr Achtel: »Und was ist mit dem Tiroler?«

Storm blinzelte unwirsch zu Külz hinüber, der den Rücken beugte und seine Karte schrieb. »Erst dachte ich, der Mann sei dumm. Aber ich glaub's nicht mehr. So dumm kann man ja gar nicht sein! Er verstellt sich. Ich finde es übrigens ausgesprochen plump, sich derartig dämlich zu stellen.«

»Nicht die schlechteste Taktik! Und was meint der Chef?«

»Ich soll ihm folgen. Und dir schickt er den Karsten!« Storm wies mit dem Kopf zu Külz hin. »Er fragte mich, was in der Zeitung stünde. Ich sagte es ihm. Er antwortete: ›Aha! Na, da will ich mal meine Ansichtskarte schreiben.‹ Merkwürdig, was?«

»Ein gefährlicher Großvater«, entgegnete Herr Achtel. »Die Harmlosen sind die Schlimmsten.«

Oskar Külz schob die Ansichtskarte beiseite, steckte den Bleistift ins Notizbuch zurück und atmete erleichtert auf. Dann wandte er sich dem Fräulein zu. »Würden Sie sich unterschreiben?« fragte er. »Dann wird nämlich meine Emilie eifersüchtig, und das wirkt immer so komisch.« Er lachte gutmütig.

Das Fräulein schrieb eine Zeile und legte die Karte wieder auf den Tisch zurück.

Er nahm die Karte und las, was seine Nachbarin geschrieben hatte. »Besten Dank!« sagte er dann. »Besten Dank, Fräulein Trübner.«

»Bitte sehr.«

»Sie müssen bald heiraten«, meinte er nachdenklich.

»Warum denn?«

»Weil Sie einen so traurigen Namen haben! Ich kannte einen Mann, der hieß Schmerz. Das war einer der unglücklichsten Menschen, die es jemals gegeben hat.«

»Weil er Schmerz hieß?«

»Sicher! Dem hat nicht einmal das Heiraten geholfen!«

»Wahrscheinlich weil er auch noch nach der Hochzeit Schmerz hieß«, bemerkte sie scharfsinnig. »Aber davon abgesehen: Ich kann doch nicht den ersten besten Mann heiraten, bloß weil er Fröhlich oder Lustig heißt!«

Der alte Fleischermeister wiegte den grauen Schädel.

Sie meinte: »Außerdem bin ich nicht entfernt so trübsinnig, wie mein Name es verlangt.«

»Doch«, sagte er. »Doch, doch! Besonders seit ich die Ansichtskarte besorgt habe. Wieso eigentlich?«

Über ihrer Nasenwurzel bildete sich eine schmale senkrechte Falte. »Das hat seinen guten Grund, Herr Külz.«

»Haben Sie Ärger?«

»Nein«, sagte sie. »Aber Angst.« Sie tippte mit einem Finger auf die erschienene Zeitung. »In dem Blatt steht eine Nachricht, die mich sehr erschreckt hat.«

»Doch nicht etwa die Geschichte von dem geraubten Kunstkram? Und von der Million?«

»Ganz recht. Diese Geschichte!«

»Ja, was geht denn das Sie an?« fragte er leise.

Sie blickte sich behutsam um. Dann zuckte sie die Achseln. »Das kann ich Ihnen hier nicht erzählen.«

In demselben Augenblick schritt ein junger Mann an ihnen vorüber. Er war groß und schlank und schien viel Zeit zu haben. Er machte vor dem Portier, der an der Treppe stand, halt, legte zum Gruß einen Finger an die Hutkrempe und fragte: »Wohnt hier im Hotel ein Fräulein Trübner aus Berlin?«

»Jawohl«, erwiderte der Portier. »Sie sitzt gerade

dort vorn an der Balustrade. Neben dem großen, dicken Touristen.«

»Das trifft sich ja großartig!« meinte der schlanke Herr. »Dankeschön!« Er legte zum Gruß einen Finger an die Hutkrempe und kehrte um.

Der Portier salutierte und blickte hinter ihm her.

Der junge Mann ging auf die Balustrade zu. Aber er blieb keineswegs an dem Tisch Fräulein Trübners stehen. Er sah die Dame, nach der er sich eben erst erkundigt hatte, nicht einmal an! Sondern er schlenderte gleichgültig an ihr vorüber, trat auf die Straße hinaus und verschwand im Gewühl.

Der Portier riß die Augen auf. Und obwohl er von Berufs wegen so manches verstand – das verstand er nicht.

»Würden Sie mir einen großen Gefallen erweisen?« fragte Fräulein Trübner.

»Für eine Kundin von meinem Otto tu ich alles«, erklärte Fleischermeister Külz. »Mit Ausnahme von Mord und Totschlag.«

»Das wird sich hoffentlich vermeiden lassen«, sagte sie ernst. »Begleiten Sie mich, bitte! Ich muß etwas besorgen. Und unterwegs will ich Ihnen erzählen, worum sich's handelt. Ich habe das Gefühl, daß man uns beobachtet.«

»Das sind die Nerven«, bemerkte er. »Hedwig,

meine zweite Tochter, hat das früher auch gehabt. Nach dem ersten Kind verliert sich das für gewöhnlich.«

»So lange kann ich unmöglich warten«, meinte Fräulein Trübner. »Kommen Sie! Lassen Sie uns gehen!«

»Na schön!« brummte der alte Külz. Er winkte dem Oberkellner und bezahlte.

»Eure Wurst ist großartig«, sagte er anerkennend. »Besonders die Dauerwurst.«

Der Ober verneigte sich. »Sehr liebenswürdig. Ich werde es dem Küchenchef mitteilen.«

»Wissen Sie zufällig, woher Sie die Fettdärme beziehen?«

»Ich weiß es zufällig nicht«, sagte der Ober. »Als Kellner hat man mit Wurst nur flüchtig zu tun.«

»Sie Glücklicher«, meinte Külz.

Fräulein Trübner zahlte auch.

Dann standen die beiden auf und traten gemeinsam auf die Straße. Es war ein seltsames Paar: die junge, schlanke, schneidig gekleidete Dame und der dicke, breite, kolossale Lodentourist.

Die vorm Hotel sitzenden Gäste starrten neugierig hinter ihnen her.

Herr Storm und Herr Philipp Achtel erhoben sich eilig, legten ein paar Münzen auf den Tisch und steuerten dem Ausgang zu.

Külz blieb an der Bordkante stehen und deutete auf einige Tauben, die über das Pflaster trippelten.

»Das sind Koburger Lerchen«, erklärte er. »Mein Bruder züchtet Tauben. Ich habe ihm gesagt, er soll das lassen. Ein Mensch, der Kälber totschlagen muß, sollte keine Tauben streicheln. Das ist geschmacklos. Aber er läßt es sich nicht ausreden.«

»Kommen Sie, Herr Külz!« bat sie leise.

Achtel und Storm schoben sich durch die Tischreihen. An der Balustrade stieß der Kleine den andern mit dem Ellbogen an und trat zu dem Tisch, an dem Külz gesessen hatte.

Er beugte sich über den Tisch und entnahm dem Streichholzständer ein Zündholz. Dann brannte er sich eine Zigarette an. Dann legte er das niedergebrannte Zündholz in den Aschenbecher.

Achtel wartete ungeduldig. Auf der Straße fragte er ärgerlich: »Was war denn los?«

Storm zog lächelnd eine Ansichtskarte hervor. »Mein Freund Külz hat das da auf dem Tisch liegenlassen.«

Sie beugten sich über die Karte und lasen sie.

Auf der Karte stand: »Liebe Emilie! Entschuldige mein plötzliches Verschwinden. Ich erkläre es Dir, wenn ich wieder zu Hause bin. Habe eben eine Kundin von Otto getroffen. So ein Zufall, was? Na ja, wenn Gott will, schießt ein Besen. Macht Euch wegen mir keine Sorge. Unkraut verdirbt nicht. – Herzlichst Dein Oskar.«

Und unter dieser ungelenken Handschrift stand

in schlanken, flotten Buchstaben: »Unbekannterweise grüßt Irene Trübner«.

Die beiden Herren sahen einander unschlüssig an.

»Hat der Kerl die Karte aus Versehen liegenlassen?« fragte Storm.

»Blödsinn!« sagte Achtel. »Schau dir doch den Text an! Dieser Tiroler ist ein ganz ausgekochter Junge. Er hat 'ne Kundin von Otto getroffen! Das ist natürlich eine Anspielung. Erst mimt er den Dummen. Und dann macht er sich mit Hilfe einer Ansichtskarte über uns lustig. Eine unglaubliche Frechheit!«

Herrn Storms zu weit oben angebrachte Ohren, die von der Hutkrempe herabgedrückt und rechtwinklig abgebogen wurden, sahen aus, als wollten sie sich sträuben.

»Wenn Gott will, schießt ein Besen«, wiederholte Philipp Achtel böse. »Und da kommt Karsten.«

Sie begrüßten ihren Kollegen und schritten in gemessenem Abstand hinter Fräulein Trübner und Herrn Külz her. Storm zerriß die an Frau Emilie Külz in Berlin adressierte Kopenhagener Hafenansicht in viele kleine Stücke und streute sie aufs Pflaster.

Die junge Dame und Fleischermeister Oskar Külz hatten keine Ahnung, daß ihnen drei Männer folgten, die sich außerordentlich für sie interessierten.

Den drei Männern folgte, wiederum in gemessenem Abstand, ein großer, junger Mann.

Die drei Männer hatten keine Ahnung, daß auch ihnen jemand folgte, der sich außerordentlich für sie interessierte.

Wie das Leben so spielt!

Das dritte Kapitel
Von Kunst ist die Rede

»Die Sache ist die«, begann Fräulein Trübner. Sie saßen in einem Hof der Amalienborg auf einer Bank. Zwischen den Steinplatten vor den ehrwürdig freundlichen Fassaden der Schloßgebäude wuchs Gras. Im Hafen drüben tuteten Dampfer, die in den Sund gelotst wurden. Sonst war es still.

Eine hohe alte Mauer trennte den Schloßhof von der Straße draußen. Nur in der Mitte war die Mauer unterbrochen. An dieser Stelle befand sich ein mächtiges eisengeschmiedetes Gittertor, das gewiß seit Jahrzehnten nicht mehr geöffnet worden war. Wer die Straße entlang kam, der konnte hier stehenbleiben und zwischen kunstvoll verrankten eisernen Ornamenten, Figürchen und Rosetten hindurch in den altertümlichen Hof blikken.

So, wie gerade jetzt ein gewisser Herr Karsten!

Zwei gute Bekannte von ihm gingen auf der andern Seite der Straße langsam auf und ab. Sie sprachen wenig und warteten auf ihn.

Fräulein Trübner und Herr Külz hatten keine Ahnung, daß man sie beobachtete. Sie kehrten der Straße den Rücken und betrachteten die Fenster und Tore des Schlosses.

»Die Sache ist die«, sagte das Fräulein. »Ich bin bei einem reichen und in der ganzen Welt anerkannten Kunstsammler, der in Berlin wohnt und Steinhövel heißt, Privatsekretärin. Vorige Woche war nun in Kopenhagen die Versteigerung einer der größten Sammlungen, die es gibt. Die Sammlung gehörte ursprünglich einem Amerikaner, der seinen Lebensabend in Dänemark verbrachte und kürzlich gestorben ist. Wissen Sie, was eine Kunstauktion ist?«

»Nicht direkt«, sagte Külz. »Aber es wird dabei wohl genau so zugehen wie auf andren Versteigerungen. Es wird dauernd gebrüllt und mit dem Hammer geklopft. Und bei wem dreimal geklopft worden ist, der muß den Kitt behalten.«

Sie nickte. »Herr Steinhövel sammelt vor allem Miniaturen. Miniaturen sind winzige Gemälde. Oft sind sie aufs kostbarste eingefaßt. Alte Miniaturen sind sehr teuer. Herr Steinhövel zahlt für Miniaturen jede Summe.«

»So hat jeder seinen Klaps«, stellte Herr Külz fest. »Es ist genau wie mit meinem Bruder und seinen Tauben. Was sie dem schon alles angedreht haben! Und zu welchen Preisen! Einer allein glaubt das gar nicht! Einmal hat er ein Taubenpärchen gekauft, weil es so merkwürdig gezeichnet war. Er wollte es auf der Geflügelausstellung prämiieren lassen. Aber kurz vorher regnete es leider. Und in dem Regen ging den Biestern die Farbe aus.

Sie waren angemalt gewesen, und mein Bruder war angeschmiert worden.«

»Kennen Sie Holbein den Jüngeren?«

»Wenn ich ehrlich sein soll: nein! Den Älteren auch nicht.«

»Holbein der Jüngere war einer der berühmtesten deutschen Maler. Er lebte eine Zeitlang am Hofe Heinrichs VIII.«

»Den kenn ich«, meinte Külz erfreut. »Das ist der, der einen Tag lang barfuß im Schnee stand.«

»Nein. Das war Heinrich IV.«

»Aber ungefähr hat's gestimmt, was?«

»Ziemlich. Heinrich IV. war ein deutscher Kaiser, und Heinrich VIII. war König von England. – Am bekanntesten wurde er dadurch, daß er häufig heiratete und etliche seiner Frauen hinrichten ließ.«

»Das waren Zeiten!« sagte Herr Külz und schnalzte mit der Zunge.

»Er ließ seine Frauen aber nicht nur hinrichten, sondern auch malen.«

»Hoffentlich vorher!« Külz lachte laut und schlug sich auf die grüne imprägnierte Hose.

»Jawohl«, sagte Fräulein Trübner. »Vorher! Die erste Frau, die er köpfen ließ, hieß Ann Boleyn. Holbein malte sie, ohne Wissen des Königs, kurz vor der Hochzeit, und sie schenkte ihm diese Miniatur, von wundervollen Edelsteinen umrahmt, zum Geburtstag.«

»Heute läßt man sich fotografieren«, meinte Külz. »Das geht schneller und ist billiger.«

»Auf der Rückseite der Miniatur steht eine liebevolle Widmung von Ann Boleyns eigner Hand.«

»Aha«, sagte Külz. »Jetzt geht mir ein Seifensieder auf. Diese Miniatur wurde in Kopenhagen versteigert, und Herr Steinhövel hat sie gekauft.«

»So ist es. Für die Kleinigkeit von sechshunderttausend Kronen.«

»Schreck, laß nach!«

»Herr Steinhövel fuhr gestern nach Brüssel weiter, um dort eine Miniatur Karls IV. zu besichtigen. Ein Kinderbild des Luxemburgers, als er am französischen Hofe lebte. Und mich hat der Chef beauftragt, die englische Miniatur von Kopenhagen nach Berlin zu bringen.«

»Mein herzlichstes Beileid!«

»Herr Steinhövel wollte sie nicht nach Brüssel mitnehmen. Und überdies dachte er, bei mir sei sie sicherer aufgehoben. Denn ihn kennt man. Seine Privatsekretärin kennt man nicht. – Und nun kommt die heutige Zeitungsmeldung!«

Herr Külz kratzte sich am Kopf.

»Kunstgegenstände im Werte von einer Million sind geraubt worden.« Sie war außer sich. »Es handelt sich ausnahmslos um Gegenstände, die auf der Auktion versteigert worden sind. Und von den Tätern fehlt jede Spur. Wenn ich nun morgen mit der Miniatur Ann Boleyns nach Berlin fahre, kann es mir passieren, daß die Miniatur verschwindet. Es wird mir sogar todsicher passieren! Ich fühle das schon seit heute mittag. Sie behaupten zwar, daß meine Ahnungen nach dem ersten Kind verschwinden würden. Aber ich sagte Ihnen bereits ...«

»Daß Sie unmöglich so lange warten können. Das leuchtet mir langsam ein. Was soll nun aber werden? Hierbleiben können Sie nicht, fortfahren können Sie nicht. Und etwas Drittes gibt es nicht.«

»Doch«, sagte Fräulein Trübner leise. »Ich habe mir folgendes gedacht!«

Karsten entfernte sich vorsichtig von dem eisernen Portal und ging über die Straße. Seine zwei Freunde blieben stehen und blickten ihn erwartungsvoll an.

»Es hat keinen Sinn«, brummte Karsten. »Man versteht kein Wort.«

»Ich gratuliere«, sagte Philipp Achtel. »Dazu bleibst du Rindvieh eine Viertelstunde dort drüben stehen? Nur um uns dann mitzuteilen, du hättest nichts gehört?«

»Ich dachte, der Wind würde umschlagen«, erklärte Karsten gekränkt.

Philipp Achtel lachte abfällig.

Storm ergriff das Wort. »Einmal wird sich ja wohl das taufrische Geschöpf von meinem Tiroler verabschieden. Kurz darauf werde ich ihm zufällig begegnen. Dann geh ich mit ihm ins ›Vierblättrige Hufeisen‹. Und dann wollen wir sehen, wer mehr Aquavit verträgt!«

»Aquavit ist eine gute Idee«, sagte Philipp Achtel. »Dort an der Ecke ist eine Kneipe. Wollen wir solange untertreten, bis das Paar aus dem Hof herauskommt?«

»Untertreten?« fragte Karsten. »Es regnet doch gar nicht!«

Herr Achtel streckte die Hand aus. »Diese Trockenheit!«

Auf der anderen Straßenseite näherte sich ein großer, schlanker Herr. Er blieb vor dem Gitter stehen, zog einen Reiseführer aus der Tasche, blätterte darin, betrachtete das Schloß und den Hof und ging gemütlich weiter.

»Ich habe mir folgendes gedacht«, sagte Fräulein Trübner leise. »Ich habe mir gedacht, Sie könnten mir helfen.«

»Mach ich«, meinte Külz. »Ich weiß nur nicht, wie.«

»Sie fahren morgen mittag mit mir nach Berlin.«

»Schon?«

»Ihre Frau wird sich sehr freuen!«

»Das ist doch kein Grund!«

»Es gehört aber zu meinem Plan, Herr Külz!«

»Das ist etwas anderes«, sagte er. »Also schön!

Wir reisen morgen mittag. Ich fahre aber dritter Klasse.«

»Wundervoll!« rief sie. »Und ich fahre zweiter Klasse!«

»Wieso das wundervoll ist, verstehe ich nicht. Wenn wir nicht im selben Abteil fahren, brauche ich ja gar nicht erst mitzukommen!« Er war beinahe beleidigt.

Sie beugte sich vor. »Falls man mir die Miniatur stehlen will, und ich zweifle keinen Augenblick daran – dann wird man es während der Fahrt versuchen. Ich reise zweiter Klasse. Man wird mich im Auge behalten. Man wird mir vielleicht den Koffer stehlen.« Sie klatschte in die Hände. Wie ein Kind.

Er betrachtete sie ängstlich. »Sind Sie übergeschnappt? Freuen sich, daß man Ihnen die Miniatur klaut!«

»Doch nur die Koffer, Herr Külz!«

»So. Und die Miniatur ist nicht in Ihren Koffern?«

»Nein.«

»Wo ist sie denn?«

»Im Gepäck eines Herrn, der dritter Klasse fährt und bei dem die Bande eine Miniatur Ann Boleyns bestimmt nicht vermutet!«

»Und wer ist der Herr?« fragte er. Dann schlug er sich mit der flachen Hand vor die Stirn. »Ach so!«

»Jawohl«, sagte sie. »Ich gebe Ihnen morgen am Bahnhof die Miniatur. Und in Berlin geben Sie mir sie zurück.«

»Donnerwetter!« rief er. »Raffiniert!«

»Wir gehen, ohne einander zu kennen, durch die Sperre. Und ich drücke Ihnen heimlich ein Päckchen in die Hand. Niemand wird etwas merken. Wir reisen getrennt. Wenn man mich berauben will, wird man nichts finden.«

»Und wenn die Bande noch schlauer ist und mir das Päckchen stiehlt?«

»Ausgeschlossen!« erklärte sie. »Auf die Idee kommt keiner!«

»Wie Sie meinen, Fräulein Trübner. Ich lehne aber von vornherein jede Verantwortung ab.«

»Selbstverständlich, lieber Herr Külz.« Sie stand auf. »Mir fällt ein Stein vom Herzen. Ich danke Ihnen, daß Sie mir helfen wollen.« Sie schüttelte ihm die Hand.

Er schüttelte wieder.

»So«, sagte sie. »Und nun wollen wir uns trennen. Sonst fällt es womöglich auf.«

»Wie Sie wünschen. Also morgen mittag am Hauptbahnhof vor der Sperre.«

»Wir reden nicht miteinander. Wir sehen einander nicht an. Sie nehmen unauffällig das Päckchen an sich und verstauen es in Ihrem Koffer. Und in Berlin, am Stettiner Bahnhof, erkennen wir einander ganz plötzlich wieder! Einverstanden?«

»Ich werde Blut schwitzen«, befürchtete er. »Aber für Sie ist mir keine Wurst zu teuer.«

»Auf Wiedersehen«, sagte sie. »Herr Steinhövel darf künftig nur noch bei Ihnen Fleisch kaufen lassen. Sonst kündige ich am Ersten.«

»Lieber bei Otto«, meinte Fleischermeister Külz. »Otto braucht es nötiger.«

»Gemacht! Und nun gehe ich stadtwärts. Sie entfernen sich, bitte, in der anderen Richtung. Sonst könnten wir auffallen. Bis morgen, Papa Külz!« Sie lächelte ihm dankbar zu und schritt von dannen.

»Bis morgen«, sagte er. Er blickte hinter ihr her. Sie passierte einen Torbogen und verschwand. »Ich bin ein alter Esel«, murmelte er. Und davon war er lange Zeit nicht abzubringen.

Nachdem er die Amalienborg verlassen hatte, geriet er in die Bredgade. In dieser Straße befinden sich sehr viele Antiquitätengeschäfte. Da Külz, wenn auch noch nicht lange, mit Miniaturen zu tun hatte, hielt er es für seine Pflicht, sich mit Kunst zu befassen. Er betrachtete geduldig alle Schaufenster. Er erblickte Kupferstiche, gestickte Ornate, silberne Leuchter, Madonnen aus bemaltem Holz, japanische Aquarelle, Negergötzen, alte Kalender, polynesische Tanzmasken, Elfenbeinschnitzereien, Ruppiner Bilderbögen und vieles mehr. Das meiste gefiel ihm nicht.

Vor einem der Läden stand der kleine Herr, der ihm den Unterschied zwischen deutschen und dänischen Briefmarken erläutert hatte. Storm war andächtig in irgendeinen Anblick versunken.

Schopenhauer hat bekanntlich die wunschlose Betrachtung von Kunstwerken, auch Kontemplation genannt, als eine der beachtlichsten Leistungen hingestellt. Der Wille und die Besitzgier schweigen. Dem Nirwana nahe, bleibt der wesentliche Mensch übrig. Schopenhauer war ein Menschenkenner. – Soviel über Herrn Storm.

»Glück muß man haben!« rief Oskar Külz und klopfte dem andern auf die Schulter.

Aus begierdeloser Anschauung herausgerissen, sah Storm auf. Er lächelte verwirrt und stammelte: »Nein, so ein Zufall, Herr ... Wie war doch gleich der werte Name?«

»Der werte Name war Külz«, erklärte der andere vergnügt. »Ich mopse mich schrecklich, lieber Herr Storm. Mein ganzes Leben lang habe ich es mir gewünscht, einmal ein paar Tage allein zu sein! Und nun ist mein Wunsch in Erfüllung gegangen. Ich kann Ihnen nur sagen: Einfach gräßlich!«

»Das ist Übungssache«, meinte Storm. »Mir fällt das Alleinsein nicht schwer.«

»Waren Sie manchmal lange allein?«

Der kleine Herr schlug die Augen nieder. Derartig anzügliche Fragen waren ihm zuwider. Vor allem von Leuten, die sich dumm stellten. Er überhörte also die Bemerkung und kam auf die Kunst zu sprechen.

»Ich verstehe nichts davon«, sagte Külz.

»Mir geht es nicht anders«, entgegnete Storm. »Ich habe aber eine unglückliche Liebe für solche Dinge. Wenn ich in Kopenhagen bin, bummle ich regelmäßig einmal durch diese Straße. Und da ich voraussichtlich morgen nach Berlin reise, bin ich heute hier.«

»Sie fahren morgen nach Berlin?«

»Wenn nichts dazwischenkommt, ja.«

»Großartig! Ich auch! Dritter Klasse?«

»Freilich. Da können wir einander Gesellschaft leisten.«

Herr Külz war glücklich. Sie schritten fürbaß und plauderten. Vor dem nächsten Schaufenster machte Herr Storm halt. »Sehen Sie nur!« flüsterte er. »Dieser Heilige Sebastian! 13. Jahrhundert. Kölner Schule.«

»Das reinste Scheibenschießen«, meinte Külz.

»Und diese Miniatur! Delikat, nicht?«

»Aha«, sagte Külz. »Das also ist eine Miniatur! So sehen die Dinger aus!«

Der andere wäre beinahe kopfüber ins Fenster gefallen.

»So 'n kleines Bild!« stellte Külz fest. »Das ist doch höchstens Visitformat. Was kann das denn kosten?«

»Ich verstehe, wie gesagt, nicht viel davon«, antwortete der kleine Herr. »Aber fünfhundert Kronen wird man schon anlegen müssen.«

Külz musterte die Miniatur geringschätzig. »Es gibt aber auch viel teurere, nicht?«

»O ja«, sagte Storm und wurde blaß.

Fräulein Irene Trübner ging zur selben Zeit durch die Innenstadt. Sie suchte ein Schuhgeschäft, in dessen Auslagen ihr vor Tagen ein Paar Sandaletten aufgefallen war. Heute wollte sie nun die Schuhe kaufen. Vorausgesetzt, daß man ihre Schuhgröße vorrätig hätte. Sie hatte nämlich Größe 35, und es gibt, von wirklichen Übeln abgesehen, keinen größeren Kummer, als eine so winzige Schuhnummer zu haben. Welche hübschen Schuhe man auch haben möchte – und welche möchte man nicht haben –, in Größe 35 sind sie nie vorhanden!

In einigem Abstand folgten ihr zwei Herren. »Man sollte das Herzchen anquatschen«, meinte der eine, ein gewisser Herr Achtel. »Wer weiß, wozu es gut ist.«

»Na schön«, sagte Karsten. »Hau sie an!«

Philipp Achtel zögerte. »Meine Nase eignet sich nicht zum Flirten. Sie widerspricht dem Goldenen Schnitt. Sei so gut, und erledige das kleine Geschäft!«

»Sei's drum!« erwiderte Karsten und zupfte an der Krawatte. »Und du?«

»Ich folge euch wie ein Schatten.«

»Aber geh nicht saufen«, erwiderte Karsten. »Sonst drückt dir der Chef den Hut ein.« Dann brachte er sich in eine schnellere Gangart und schloß zu Fräulein Trübner auf. Er war nur noch wenige Schritte hinter ihr.

Da wurde er von einem großen schlanken Herrn überholt!

Dieser Herr tippte der jungen Dame auf die Schulter und rief erstaunt: »Hallo, Irene! Wie kommst denn du nach Kopenhagen?«

Irene Trübner zuckte zusammen und drehte sich um.

Das vierte Kapitel
Das Symposion im »Vierblättrigen Hufeisen«

Karsten zog sich, seiner Aufgabe als Schwerenöter ledig, zurück. Philipp Achtel grinste boshaft und sagte: »Armer Kleiner! Du hast kein Glück bei Frauen!«

»Quatsch keine Opern!« knurrte Karsten. »Der Kerl kennt sie. Er rief sie bei ihrem Vornamen.«

»Die Hilfstruppen, die der alte Steinhövel seiner Privatsekretärin schickt, gehen mir nachgerade auf die Nerven«, gestand Achtel. »Oder glaubst du, daß es Leute von der Konkurrenz sind? Das wäre natürlich noch viel scharmanter.«

»Glaub ich nicht«, meinte Karsten. »Er rief ihren Vornamen, und da drehte sie sich um. Wie ein Blitz.«

»Blitze, die sich umdrehen, sind gefährlich«, sagte Philipp Achtel.

»Was wünschen Sie?« fragte Fräulein Trübner streng. Daß sie erschrocken war, ließ sie sich kaum anmerken. »Und wie kommen Sie dazu, mich beim Vornamen zu rufen?«

»Was denn? Sie heißen auch Irene?« Der schlanke Herr war perplex. Dann zog er den Hut. »Ich bitte um Vergebung. Aber Sie erinnerten mich in der Gangart unglaublich an eine Cousine aus Leipzig.« Er lächelte gewinnend. »En face sind Sie allerdings hübscher als meine Cousine.«

»Komisch, daß Ihre Cousine ebenfalls Irene heißt!«

»Das kann vorkommen«, sagte er. »Ich selber heiße Rudi.«

Fräulein Trübner wandte ihm den Rücken und setzte ihren Weg fort.

»Es ist keine Seltenheit«, bemerkte der Herr, der Rudi hieß, »daß Menschen mit gleichen Vornamen einander ähnlich sehen.«

Fräulein Trübner lachte spitz. »Ich habe heute bereits hören müssen, daß der Charakter des Familiennamens das Gemüt des Besitzers beeinflußt. Man lernt nicht aus.«

»So ist es«, sagte der Herr. »Apropos Familiennamen: ich heiße Struve. Rudi Struve.«

Sie beschleunigte ihre Schritte.

Er hielt sich an ihrer Seite. »Eigentlich bin ich froh, daß Sie nicht meine Cousine sind.«

»Warum?«

»Meine Cousine kenne ich schon«, meinte er tiefsinnig.

Sie musterte angelegentlich die Schaufenster, an denen sie vorbeikamen.

»Es ist sonderbar«, begann er wieder, »und es gibt zu denken: ich habe noch niemanden getroffen, der jemand anderer sein möchte. Mancher möchte zwar das Geld von Rockefeller haben. Andre möchten wie die Garbo aussehen. Vor allem die Frauen.« Er lachte. »Aber kein Mensch möchte mit Haut und Haar ein andrer sein. Keiner! Auch nicht, wenn er einen Buckel hat und im Keller wohnt. Ist das nicht seltsam? Was halten Sie davon?«

»Nicht das mindeste«, erklärte die junge Dame und machte große Schritte.

Er wich nicht von ihrer Seite.

Plötzlich blieb sie stehen, zeigte mit dem Finger selbstvergessen auf ein Schaufenster, sagte: »Da sind sie ja!« und verschwand im Laden. Es war ein Schuhgeschäft.

Der junge Mann betrachtete längere Zeit die Auslagen. Als er in der spiegelnden Rückwand eines Schaukastens zwei Passanten bemerkte, die auf der andern Straßenseite warteten, trat er in den Laden.

Fräulein Trübner hockte in einem Klubsessel. Vor ihr kniete eine Verkäuferin und probierte am rechten Fuß der Kundin einen Halbschuh.

»Zu groß!« behauptete die junge Dame. »In dem Schuh kann ich ja kehrtmachen! Ich brauche die kleinste Nummer.«

Die Verkäuferin erhob sich aus ihrer Kniebeuge und öffnete einen neuen Karton.

Auch dieser Schuh war zu groß.

Die Verkäuferin ging zu einem Regal, erstieg eine Leiter und kam mit einem neuen Karton zurück.

Fräulein Trübner ließ sich den Schuh anziehen, trat mehrmals fest auf und meinte erstaunt: »Er paßt!«

»Wie angegossen!« sagte jemand neben ihr.

Sie blickte hoch. Es war der lästige Mensch, der Rudi hieß.

Er nickte ihr freundlich zu. »Ich gehe gern mit Frauen einkaufen. Es lenkt auf so angenehme Weise von wichtigeren Dingen ab.«

Die junge Dame fragte die Verkäuferin nach dem Preis. Das Geschäft war perfekt. Sie zog den alten Schuh an und zahlte an der Kasse.

Die Verkäuferin überreichte inzwischen dem Herrn das Schuhpaket. Er nahm es in Empfang, als sei das ganz selbstverständlich.

»Wo sind die Schuhe?« fragte Fräulein Trübner, als sie ihr Geld in der Handtasche untergebracht hatte.

Er hob das Päckchen hoch. »Hier!«

Die Verkäuferin öffnete die Ladentür.

»Guten Tag«, sagte er, ließ die junge Dame vorangehen und folgte ihr auf die Straße.

Sie schritten längere Zeit stumm nebeneinander her. Der junge Mann hatte den Eindruck, daß es falsch sei, eine Unterhaltung vom Zaun zu brechen. Die Vermutung war richtig. Vorm Absalon-

Haus am Rathausplatz blieb Fräulein Trübner stehen und sagte: »Darf ich Sie bitten, mir meine Schuhe zu geben?«

»Selbstverständlich«, erklärte er. »Hier sind die Stiefelchen.« Er überreichte ihr den Karton.

»Und nun hielte ich's für angemessen, wenn Sie das Weite suchten.«

»Wo doch das Gute so nah liegt!« meinte er gebildet.

»Genug geschwätzt!« sagte sie. »Ich weiß nicht, warum Sie mich belästigen. Guten Tag, mein Herr.«

Er zog den Hut. »Guten Tag, meine Dame.« Dann drehte er ihr den Rücken und ging.

Sie war einigermaßen verblüfft und blieb ein paar Sekunden stehen. Dann warf sie stolz den Kopf zurück und entfernte sich in der entgegengesetzten Richtung. »So ruppig brauchte er nun auch nicht zu sein«, dachte sie gekränkt. Sie hätte sich gern umgedreht. Aber da sie wußte, was sich ziemt, unterließ sie's.

Sonst hätte sie gesehen, daß er, die Hände in den Taschen, lächelnd hinter ihr herspazierte.

Zwei Herren, die drüben am »Frascati« standen, besprachen den Fall.

»Was hältst du davon?« fragte Karsten.

Herr Achtel rümpfte die voluminöse Nase. »Eine ganz gewöhnliche Liebesgeschichte!«

»Scheußlich!« sagte Karsten.

Anschließend folgten sie dem großen schlanken Herrn, der Rudi hieß.

Und Rudi folgte der jungen Dame, die den gleichen Vornamen wie seine Leipziger Cousine hatte.

Das »Vierblättrige Hufeisen« ist eine obskure Matrosenkneipe. Nicht weit vom Nyhavn. In einer Nebengasse. Man muß etliche schiefgetretene Stufen hinunterklettern. Und später dieselben Stufen wieder hinauf! Das ist der schwierigere Teil der Kletterpartie.

Aber noch war es nicht soweit.

Oskar Külz saß in einer Nische. Storm, der Mann mit den hochgerutschten Ohren, hockte neben ihm. Sie waren vorgerückter Laune und tranken einander zu. Manchmal mit Tuborg Öl. Manchmal mit Aquavit. An den anderen Tischen saßen Männer in blauen Schifferjoppen und tranken ebenfalls.

»Eine schöne Stadt«, erklärte Külz.

Storm hob sein Schnapsglas hoch.

Külz auch.

»Prost!« riefen beide und tranken die Gläser leer. »Eine wunderschöne Stadt«, sagte Külz.

»Eine fabelhafte Stadt«, meinte Storm.

»Eine der schönsten Städte überhaupt«, behauptete Külz.

Es klang wie Skat mit Zahlenreizen.

Dann tranken sie wieder. Diesmal Bier. Der

Kellner brachte, ohne direkt aufgefordert worden zu sein, zwei Gläser Aquavit.

»Eine herrliche Stadt«, murmelte Külz.

Storm nickte gerührt. »Und morgen müssen wir sie verlassen!«

Der Berliner Fleischermeister schüttelte traurig den grauen Kopf. »Ein Glück, daß Sie mitfahren. Allein wäre mir die Sache zu gewagt. Prost, Storm!«

»Prost Külz!«

»Es kann gefährlich werden, Storm. Sehr gefährlich kann es werden! Haben Sie Mumm in den Knochen?«

»Glaube schon, Sie oller Tiroler! Und wieso gefährlich?«

»Sag ich nicht! Die Kunst soll leben!«

»Hoch, höher, am höchsten!« Storm ertappte sich plötzlich beim Singen. Und er spürte erschrocken, daß er nur noch ein Bier und zwei Schnäpse zu konsumieren brauchte, um so betrunken zu sein, daß es keinen praktischen Wert mehr hatte, ob der andere noch besoffener als er selber wäre.

»Prost!« rief Külz und trank aus.

»Prost!« Storm griff daneben.

Der andere drückte ihm väterlich das Glas in die Hand. »Kellner, noch zwei Korn! Und zwei Flaschen Helles!«

Der Kellner brachte die neue Lage.

»Menschenskind, kriegt man beim Saufen

Durst«, sagte Külz. »Ein Glück, daß ich vorher einen kleinen Aufschnitt für zwölf Personen verdrückt habe.« Er lachte in der Erinnerung an die Wurstplatte. Dann meinte er: »Wenn ich gründlich vorgelegt habe, kann ich vierundzwanzig Stunden trinken. Prost Störmchen!«

Storm trat der kalte Schweiß auf die Stirn. Es flimmerte vor seinen Augen, als tanzten Mücken. »Komme nach«, flüsterte er heiser und kippte das Bier hinunter.

Külz füllte nach. »Es war Schicksal, daß wir uns begegnet sind. Nun können sie kommen!«

»Wer kann kommen?«

»Es gibt ja so schlechte Menschen auf der Welt!« Külz schlug dem kleinen Storm auf die Schulter, daß der fast vom Stuhl sank. »Und niemand weiß genau, warum sie schlecht sind. Könnten sie's nicht im Guten versuchen? Wie? Warum sind sie schlecht? Da weiß nicht mal der Pastor einen Vers drauf.«

»Ich bin auch schlecht«, stammelte Storm. »Nein, mir ist auch schlecht!« Sein Kopf schwebte im Nebel. »Da hilft nur Schnaps!« behauptete Külz energisch. »Kellner, zwei Korn!«

Der Kellner rannte und brachte das Gewünschte.

Storm spürte, wie man ihm Aquavit einflößte. Er war nicht mehr fähig, sich zu sträuben. Er dachte eben noch: »Wenn dieser Kerl mich hineingelegt haben sollte ...« Dann sackte er vom Stuhl.

»Prost, alter Knabe«, sagte Külz. »Der Teufel soll die schlechten Menschen holen.«

Da erst merkte er, daß er allein am Tisch saß.

Vor einem Haus in der Oesterbrogade hielt ein Taxi. Ein Mann im Lodenanzug kletterte heraus, trat, ein wenig schwankend, an die Haustür und las das Schild, das dort angebracht war.

»Hurra«, sagte er. »Pension Curtius! Ein Glück, daß der Junge nicht vergessen hat, wo er wohnt.« Er ging zum Auto zurück, zerrte ein unbewegliches Lebewesen vom Sitz und hob es auf seine Schulter.

Der Chauffeur wollte helfen.

»Nicht nötig«, meinte der Tourist. »Ich habe schon schwerere Ochsen geschleppt. Alles Übungssache!« An der Haustür drehte er sich um und rief: »Warten Sie auf mich, Herr Direktor!« Dann trat er ins Haus und stapfte ächzend die Treppe hoch.

Die Pension Curtius lag im ersten Stock. Der Tourist klingelte.

Es rührte sich nichts.

Er klingelte Alarm.

Endlich schlurften Schritte über den Korridor. Jemand starrte lange durchs Guckloch.

»Nun machen Sie schon auf!« brummte der Mann.

Es wurde mit Schlüsseln manipuliert. Die Tür

öffnete sich. Ein vornehmer alter Herr, der einen weißen Vollbart und eine dunkle Brille trug, kam zum Vorschein und fragte: »Sie wünschen?«

»Ich möchte einen gewissen Herrn Storm abgeben.«

»Leider wohne ich erst seit gestern hier«, sagte der alte Herr sanft. »Und ich bin ganz allein in der Wohnung. Was fehlt denn dem Herrn auf Ihrer Schulter? Ist er tot?«

»Nein. Besoffen.«

»So, so.«

»Soll ich Herrn Storm in den Briefkasten stekken?« erkundigte sich der Tourist. »Oder wissen Sie einen anderen Ausweg?«

Der alte Herr trat in den Korridor zurück. »Sie könnten ihn vielleicht ins Speisezimmer aufs Sofa legen.« Er ging voraus.

Ganz hinten im Flur schlug eine Tür zu.

»Es zieht«, erklärte der alte Herr. »Ich habe mein Zimmer offen gelassen.« Er öffnete eine Tür und machte Licht. Sie befanden sich im Speisezimmer. Der riesige Mann im grünen Lodenanzug legte seine Last behutsam aufs Sofa und breitete eine Kamelhaardecke darüber. Dann zog er sein Jackett glatt, blickte dem bleichen Storm bekümmert ins Gesicht und meinte: »Hoffentlich ist er morgen pünktlich am Bahnhof.«

»Will er denn verreisen?«

»Jawohl. Wir fahren gemeinsam nach Berlin.«

»Ich werde dem Wirt Bescheid sagen.« Der feine alte Herr lächelte milde. »Er wird Herrn Storm rechtzeitig wecken.«

»Damit tun Sie mir einen großen Gefallen«, erwiderte der Tourist. »Es ist nämlich von größter Wichtigkeit.«

»Darf ich wissen . . .«

»Nein«, sagte der Mann. »Herr Storm weiß es auch nicht.« Er ging einigermaßen schaukelnd durchs Zimmer und drehte sich um. »Das weiß nicht mal ich selber ganz genau!« Er lachte, wirbelte den Stock durch die Luft und rief fidel: »Es lebe die Kunst!«

Draußen im Korridor polterte er gegen den Garderobenständer. Dann schlug die Tür.

Kaum war er fort, belebte sich das Speisezimmer. Mindestens ein Dutzend Menschen umstand das Sofa, auf dem Herr Storm schlummerte. Eine Pension, in der nur ein einzelner alter Herr anwesend ist, dürfte selten so bewohnt gewesen sein!

Der alte Herr hatte die dunkle Brille und einen großen Teil seiner Sanftmut abgelegt. »Was ist das für eine Schweinerei?« fragte er aufgebracht. Er schielte vor Wut. »Wer kann mir das erklären?«

»Ich!« sagte jemand. Es war Herr Philipp Achtel, der Rotweinspezialist.

»Also? Wird's bald?«

»Storm hatte sich doch mit dem Mann angefreundet, der im d'Angleterre neben Steinhövels Sekretärin saß. Und vor der Amalienborg beschloß er, ihn zufällig wiederzutreffen und unter Aquavit zu setzen. Um Näheres zu erfahren.«

»Und?«

Herr Achtel grinste. »Und diesen Plan scheint er durchgeführt zu haben.«

»Und wer war der Bernhardiner, der uns Storm hergeschleppt hat?«

Achtel sagte: »Das war ja eben jener Külz, von dem wir noch immer nicht wissen, ob er wirklich so dumm ist, wie er tut, oder ob er sich verstellt.«

»Saufen kann er jedenfalls«, behauptete jemand und lachte.

Ein anderer Pensionär sagte: »Ich finde das großartig! Storm will den Mann eintunken, um ihn auszuhorchen, und statt dessen bringt der ihn über der Schulter zu uns ins Haus. Wie ein Postbote ein Nachnahmepaket!«

»Ironie des Schicksals«, sagte Philipp Achtel salbungsvoll.

»Ruhe!« befahl der alte feine Herr und trat dicht ans Sofa. »Eines kann ich euch schon jetzt verraten. Wenn sich herausstellen sollte, daß Storm Blödsinn gemacht hat, kann er etwas erleben, was er nicht mehr erleben wird!«

Storm wälzte sich auf die andere Seite und sagte plötzlich ganz laut: »Prost, Külzchen!«

Das fünfte Kapitel
Abschied von Kopenhagen

Am kommenden Mittag war Külz als Erster am Bahnhof. Er patrouillierte in der Halle auf und ab und hielt nach Fräulein Trübner und nach Herrn Storm Ausschau. Außerdem hatte er jene Art Durst, die man Brand nennt, und wäre gern in die Bahnhofswirtschaft gegangen, um ein Glas Bier zu trinken. Mindestens ein Glas! Doch er traute sich nicht von seinem Posten weg, sondern blockierte die Sperre vom Bahnsteig 4, als schöbe er Wache.

Am Hauptportal erschien eine größere Gruppe Herren mit Koffern, Plaids und Taschen. Herr Karsten, der mit von der Partie war, sagte: »Da steht ja schon unser Tiroler!«

Anschließend entfernten sich einige seiner Begleiter und spazierten, an Fleischermeister Külz vorüber, durch die Sperre.

Papa Külz merkte begreiflicherweise nichts von alledem. Er merkte nur, daß Storm und Fräulein Trübner nicht kamen. »Das hat mir gerade gefehlt«, dachte er. »Zum Schluß fahre ich allein nach Berlin! Das hat man von seiner Gutmütigkeit! Was soll ich eigentlich schon zu Hause? Emilie und die Kinder wissen ja, daß ich nicht in Bernau bei Selbmann bin, sondern in Dänemark. Wann mögen sie denn die Karte mit der schönen Hafenansicht gekriegt haben?«

In diesem Moment fiel ihm ein, daß er die Karte gar nicht in den Kasten gesteckt, sondern im Hotel d'Angleterre liegengelassen hatte! »Ich mache aber auch alles verkehrt«, dachte er enttäuscht. »Das ist die Verkalkung. Na, ewig kann der Mensch nicht leben.«

Dann unterbrach er abrupt den Denkprozeß. Denn im Portal erschien Fräulein Trübner. Und sie kam nicht allein. Sondern sie schritt zwischen zwei großen, starken Männern einher, die steife schwarze Hüte trugen und auch sonst der Vorstellung entsprachen, die man sich gemeinhin von Kriminalbeamten in Zivil macht.

Oskar Külz bemühte sich krampfhaft, Fräulein Trübner, der Verabredung gemäß, nicht zu kennen. Das fiel ihm so schwer, daß er sich der Einfachheit halber wegzusehen entschloß. Andrerseits war es nötig, die junge Dame im Auge zu behalten. Denn wie sollte er es sonst einrichten, gleichzeitig mit ihr durch die Sperre zu drängen?

Er hob seinen Koffer auf, faßte den Stock fester, stellte sich marschbereit und lugte, so unauffällig wie möglich, über die Schulter.

Das Fräulein verabschiedete sich gerade von den beiden Begleitern mit einem freundlichen Kopfnicken.

Külz schob sich also breit in die Sperre und setzte,

um Zeit zu gewinnen, seinen Koffer nieder. »Einen Augenblick, Herr Schaffner«, sagte er zu dem Schalterbeamten. »Ich muß nur noch mein Billett suchen!« Er wühlte in etlichen Taschen, obwohl er den Fahrschein längst gefunden hatte, und drehte sich flugs um. »Na endlich«, dachte er. »Da kommt sie ja!«

Jetzt stand Fräulein Trübner hinter ihm. Külz reichte dem Beamten das Billett, spürte, wie man ihm ein Päckchen in die andre Hand drückte, griff tapsig zu, nahm den gelochten Fahrschein in Empfang, hob den Koffer hoch, verlor den Spazierstock, bückte sich darnach und wand sich endlich aus der Sperre heraus.

Herr Karsten, der hinter den beiden herkam, unterdrückte mit Mühe ein mephistophelisches Lächeln.

Auf Bahnsteig 4 war reger Betrieb.

Külz hatte das heimlich empfangene Päckchen verstaut und den Koffer sorgfältig abgeschlossen. Das Päckchen war zwar leicht gewesen, aber der Koffer war mit einem Male so schwer, als ob er einen Doppelzentner wöge! Külz stapfte den Zug entlang und suchte die Wagen dritter Klasse.

»Hallo!« rief jemand hinter ihm. Es war Herr Storm.

»Endlich!« meinte Külz erleichtert. »Ich hatte schon Angst, Sie hätten es verschlafen. Wie geht's dem Kater?«

Storm, der noch reichlich grün aussah, winkte ab. Dann bedankte er sich, daß ihn der andere in der Pension Curtius abgeliefert hatte. »Ich erfuhr erst heute früh davon.«

»Gerne geschehen, mein Lieber.«

»Meine Wirtsleute waren gar nicht da, habe ich gehört.«

»Stimmt. Nur ein alter Herr mit einer dunklen Brille.«

»Kenn ich nicht.«

»Er sagte, daß er erst einen Tag dort wohnt.«

»Drum.«

Külz blieb vor einem Abteil dritter Klasse stehen. »Hier ist Platz!«

Aber Herr Storm wollte nicht. »Ich kann alte Frauen nicht leiden«, murmelte er. Er meinte eine weißhaarige Dame, die am Fenster saß. »Alte Frauen bringen mir Unglück.«

Sie gingen weiter.

Plötzlich machte Storm halt, sah zu einem Herrn hoch, der aus einem Coupé herausschaute und fragte: »Entschuldigen Sie, ist in Ihrem Abteil noch für zwei Personen Platz?«

Der Herr, der übrigens einem ehemaligen Tenor glich und eine sehr gerötete Nase besaß, blickte ins Abteil, sah wieder auf den Perron hinaus und sagte: »Es wird sich machen lassen.«

Storm stieg ein, wandte sich um und nahm seinem Reisegefährten den Koffer ab.

»Vorsicht!« knurrte Külz besorgt. Dann kletterte er ächzend hinterher. Der Herr mit der roten Nase war ihm behilflich. Es waren überhaupt, nach dem ersten Eindruck zu urteilen, ganz reizende Leute im Coupé.

Zufälligerweise lauter Männer.

Sie rückten bereitwillig zusammen und machten freundliche Bemerkungen.

Storm fragte den Herrn mit der roten Nase, ob er auch nach Berlin fahre.

»Nein, nur bis Warnemünde«, antwortete der Herr höflich. »Meine Gattin ist mit den Kindern dort. Zur Erholung.«

»Die lieben Kleinen«, sagte ein Mann, der in der Ecke saß, und kicherte albern. Die anderen Fahrgäste blickten ihn höchst erstaunt an. Da wurde er verlegen und versteckte sich hinter einer Zeitung.

»Vielleicht bleibe ich einige Tage in Warnemünde«, fuhr der Reisende fort, der die rote Nase hatte. »Obwohl mich dringende Geschäfte nach Berlin rufen.«

Ein anderer Fahrgast meinte, die Nordsee gefalle ihm besser. Das Wasser sei härter. Die Luft sei salzhaltiger. Besonders Sylt habe es ihm angetan.

Külz setzte eine Zigarre in Brand und sah nach, ob sein Koffer noch im Gepäcknetz läge.

Der Koffer lag noch dort.

Bald unterhielten sich alle Fahrgäste miteinander, als seien sie lauter gute alte Bekannte.

(Und so war's ja auch.)

Fräulein Irene Trübner fand ein Abteil zweiter Klasse, das ziemlich leer war. Nur die Fensterplätze waren besetzt. Von einem sehr jungen amerikanischen Ehepaar, das Zeitungen und Magazine las und diese gelegentlich austauschte.

Sie setzte sich in eine der Gang-Ecken und blickte sehr oft auf ihre Armbanduhr.

Draußen im Gang lehnten Fahrgäste aus den Fenstern und unterhielten sich mit Angehörigen und Bekannten, die in Kopenhagen zurückblieben. Einige holten bereits die Taschentücher hervor.

Dann ruckte der Zug an. Die Taschentücher wurden wild geschwenkt. Das amerikanische Ehepaar blickte von der Lektüre hoch. Sie lächelten einander zu, brachen das Lächeln automatisch wieder ab und lasen weiter.

Fräulein Trübner fühlte sich beobachtet. Sie sah sich um.

Draußen im Gang stand der große schlanke Herr, der Rudi hieß!

Er nickte ihr zu und zog den Hut.

Dann kam er ins Abteil, setzte sich ihr gegenüber und fragte: »Wollen wir uns wieder vertragen?«

Sie schwieg.

»Oh«, sagte er. »Sie haben die neuen Schuhe an! Reizend! Sie machen einen so kleinen Fuß.«

Fräulein Trübner schwieg.

»Die Absätze könnten etwas niedriger sein«, meinte er. »Niedrige Absätze sind gesünder.«

»Sind Sie Orthopäde?« fragte sie.

»Nein. Aber ich habe einen Vetter, der Arzt ist.«

»In Leipzig?«

»Wieso in Leipzig?«

Sie zog die Mundwinkel hoch. »Ich vermute stark, daß es sich um einen Bruder Ihrer Cousine Irene handelt.«

Er lachte. Er hatte ein entwaffnendes Lachen. Es klang, als lache eine ganze Oberprima.

»Sie unterschätzen die Struves«, sagte er dann. »Nicht, daß ich renommieren will. Aber wir sind eine sehr fleißige, weitverbreitete Familie.«

»Interessant.«

»Mein Vetter beispielsweise lebt in Hannover. Er ist Hals-, Nasen- und Ohrenspezialist.«

»Aha. Deswegen weiß er so gut über Absätze Bescheid!«

»Eben, eben!« Er lehnte sich zurück, schlug gemächlich ein Bein übers andre, holte eine Zeitung heraus und sagte: »Ich lasse jetzt aus Schüchternheit eine Pause eintreten. Auf Wiederhören in einer Stunde.«

Dann begann er angestrengt zu lesen.

Der Zug fuhr durch die Insel Seeland. Nach Süden. Es war eine Reise durch Gärten.

Fräulein Trübner klemmte die große Handtasche energisch unter den Arm und sah, an dem amerikanischen Ehepaar vorbei, aus dem Fenster.

Fleischermeister Külz blickte, in seinem Abteil, ebenfalls hinaus. Wenigstens mit dem einen Auge. Mit dem anderen hütete er seinen Koffer und dessen Geheimnis.

»Man hat's nicht leicht«, dachte er. Und beinahe hätte er's auch laut gesagt.

Er trocknete sich die Stirn.

»Ist es Ihnen zu heiß?« fragte Storm besorgt. Und ehe Külz noch antworten konnte, sprang ein andrer Fahrgast auf und ließ die Fensterscheibe herunter.

»Sehr freundlich«, sagte Külz und betrachtete die Runde. So viele liebenswürdige, vertrauenerweckende Menschen hatte er selten beisammengesehen. Da hatte er wirklich Glück gehabt! – Er deutete mit der Hand zum Fenster hinaus. »Es fiel mir schon auf der Herfahrt auf«, meinte er. »Das dänische Vieh ist erstklassig. So etwas habe ich noch nicht gesehen!«

Eine Herde brauner Rinder schien zu spüren, daß von ihnen die Rede war. Die Tiere blickten aufmerksam herüber, und ein Kälbchen lief ein paar Schritte neben dem Zuge her.

»Sie interessieren sich für Viehzucht?« fragte der Herr, dem die rote Nase gehörte.

»Versteht sich«, sagte Külz. »Ich bin Fleischermeister. Seit dreißig Jahren!«

»Dann allerdings«, meinte der Herr zuvorkommend.

»Im Augenblick gefällt mir mein Beruf freilich nicht besonders«, fuhr Külz fort. »Es geht einem eines Tages eben doch auf die Nerven, dauernd von Ochsen umgeben zu sein!« Er lachte behäbig.

Die Mitreisenden lächelten süßsauer.

»Das soll hoffentlich keine Anzüglichkeit sein?« fragte Herr Storm bescheiden.

Als Fleischermeister Külz die Frage endlich begriffen hatte, bemächtigte sich seiner eine gelinde Verzweiflung. »Wie können Sie so etwas von mir glauben?« rief er außer sich. »Ich habe doch nicht Sie gemeint, meine Herren! Ich sprach von richtigen Ochsen! Nicht von Ihnen! Wenn Sie wüßten, wie peinlich mir dieses Mißverständnis ist! Ich würde mir so etwas nie erlauben.« Er war außer Rand und Band.

»Es war ja nur ein Scherz von mir«, erklärte Herr Storm.

»Wirklich?« fragte Külz erleichtert.

Die anderen nickten.

»Gott sei Dank!« meinte Külz. »Mir fällt ein Stein vom Herzen. So etwas würde ich wirklich nie laut sagen!«

Der Herr, der Rudi hieß, hatte sich ins Polster zurückgelehnt. Er lag mit geschlossenen Augen und atmete friedlich.

Irene Trübner betrachtete sein Gesicht. Sie betrachtete es sehr nachdenklich und dachte bei sich: »Jedes Wort, das er bis jetzt zu mir gesagt hat, war vermutlich eine Lüge. Warum folgt er mir seit gestern? Und wenn er's schon tut, warum belügt er mich? Dabei hat er ein Gesicht wie der Erzengel Michael, dieser gemeine Schuft! Mit dem gepriesenen Zusammenhang zwischen Physiognomie und Charakter ist es Essig!«

Sie wandte sich brüsk zum Fenster und starrte einige Minuten hinaus. Dann aber zog es ihr wieder den Kopf herum.

»Diese ausdrucksvollen Hände!« dachte sie selbstvergessen. »Und er ist doch eine Kanaille! Nun, er soll sich an mir die Zähne ausbeißen, der Rudi!« Sie korrigierte ihre Gedanken: »Der Herr Rudi! – Diese Schlafmütze, ha!«

In dem letzten Punkt irrte sie sich. Der Herr Rudi schlief gar nicht. Es sah nur so aus. Hinter den tiefgesenkten Wimpern betrachtete er das junge Mädchen ununterbrochen. Er war empört. »Ausgerechnet diese Irene Trübner«, dachte er, ausgerechnet sie muß so ein hübscher Kerl sein! Warum ist sie keine Schreckschraube? Seit Jahren wünscht man sich's, so eine Person zu treffen. Und wenn sie einem endlich in die Arme läuft, kommt sie ungelegen. Der Teufel hole den jüngeren Holbein und sämtliche Frauen Heinrichs VIII., die geköpften und die ungeköpften! Ach, ist das Leben kompliziert!«

Sie beugte sich weit vor und sah ihn sonderbar an. Ihm war, als würden ihre Augen immer größer und nachdenklicher. Was gab es an ihm schon zu sehen? Plötzlich schlug sie die Augen nieder und wurde rot wie ein Schulmädel.

Darüber verlor er die Selbstbeherrschung und erwachte. »Ist die Stunde um?« fragte er.

Sie fuhr zusammen und strich sich das Haar glatt. »Welche Stunde?«

»Die geplante Gesprächspause«, sagte er. »Ich war das meiner Verwandtschaft schuldig.«

»Ach so.« Sie blickte auf die Uhr und meinte: »Sie haben noch Zeit. Gute Nacht!«

»Habe ich denn geschlafen?«

»Hoffentlich«, sagte sie.

»Wurde geschnarcht?«

»Nein.«

»So etwas von Vergeßlichkeit!«

In diesem Augenblick passierte ein Herr den Gang. Ein Herr, der einen weißen Bart und eine dunkle Brille trug. Er blickte ins Abteil und schritt langsam weiter.

Fräulein Trübner sagte: »Kennen Sie diesen Herrn?«

»Nein«, erwiderte Herr Struve. »Aber ich habe das dumpfe Gefühl, als ob ich seine werte Bekanntschaft bald machen würde.«

Er sollte recht behalten.

Als er auf der Fähre zwischen den Inseln Seeland und Laaland das Abteil verließ, um sich die Füße zu vertreten, traf er den Herrn wieder. Dieser blieb gerade vor einem der Passagiere stehen und bat um Feuer. Jemandem, der mißtrauisch war, mußte auffallen, daß der Mann, der seine Zigarette hinhielt, dem weißen Vollbart etwas zuflüsterte.

Bemerkungen zwischen Fremden pflegen nicht geflüstert zu werden. Auch zuviel Vorsicht ist Leichtsinn.

Der alte Herr schritt weiter.

Rudi Struve pilgerte hinterdrein.

Der alte Herr musterte die Abteilfenster.

Struve folgte diesem Blick und bemerkte hierbei einen Mann, der aus einem Coupé dritter Klasse herausschaute und, als der alte Herr vorüberkam, ein Auge zukniff.

Und dieser Mann hatte unterhalb des Auges, das er zukniff, eine auffällig rote Nase.

Struve kam die Nase bekannt vor. Er trat an die Reling und betrachtete fünf Minuten lang die Ostsee, die Silbermöven und die Bojen, welche die Trajektrinne markieren ... Dann drehte er sich um und beobachtete das Coupé dritter Klasse, das es ihm angetan hatte.

Neben dem Mann mit der roten Nase entdeckte er den kleinen Herrn mit den hochgerutschten

Ohren. Und den Dritten auch, den er vor der Amalienborg gesehen hatte.

Und ihnen gegenüber, zwischen lauter Galgengesichtern, hockte der gutmütige riesenhafte Lodentourist, der mit Irene Trübner im d'Angleterre zusammengesessen hatte!

Diese Gruppierung begriff Rudi Struve nicht. Was hatte der athletische Biedermann zwischen so vielen Gaunern zu suchen? Oder sollte er gar kein Biedermann sein?

Struve trat schleunigst den Rückzug an. Er eilte im Dauerlauf zu seinem Coupé. Hoffentlich war in seiner Abwesenheit keine Überraschung eingetreten! Er sprang die Wagenstiege hoch und eilte durch den Gang. Kurz vor dem Abteil bremste er und zwang sich eine gemütliche Gehweise auf.

Fräulein Trübner saß noch am alten Fleck und sinnierte.

Er setzte sich in seine Ecke.

Sie wandte ihm ihr Gesicht zu und hob plötzlich den Blick über seinen Kopf hinweg.

Er folgte ihren Augen und betrachtete das Gepäcknetz. Nein, der Koffer war noch da.

Sie lächelte und fragte: »Spielen Sie mit sich selber Saalpost?«

Er begriff nicht, was sie wollte.

»Es handelt sich um Ihren Hut«, sagte sie.

Er nahm ihn ab. In seinem Hutband steckte ein

Briefumschlag. »Komisch«, meinte er, nahm den Brief und öffnete ihn.

Auf dem Briefbogen stand, in großen Blockletтern geschrieben: »WER SICH IN GEFAHR BEGIBT, KOMMT DARIN UM!«

Er faltete den Bogen zusammen, steckte ihn in die Jackentasche und runzelte die Augenbrauen.

»Etwas Unangenehmes?« fragte sie.

»Ach wo«, sagte er und war bemüht, harmlos zu lächeln. »Ein Scherz von einem alten Bekannten!«

Das sechste Kapitel
O, diese Zollbeamten!

Gjedser war längst passiert.

Die Zoll- und Paßkontrolle war schon vorm Betreten des Trajekts erledigt worden. Der Dampfer und die Eisenbahnwagen drunten im Schiffsbauch schwammen in der Ostsee, und die dänische Küste wurde blaß.

Fleischermeister Külz stand auf und griff nach seinem Koffer.

»Wo wollen Sie denn hin?« fragte Storm.

»In den Speisesaal. Ich habe Hunger. Kommen Sie mit, Herr Storm? Ich spendiere eine Runde Aquavit!« Külz lachte väterlich.

»Sie müssen sich noch einen Augenblick gedulden, meine Herren«, sagte einer der Fahrgäste. »Der Schiffszoll war noch nicht da.«

»Nanu!« rief Storm und tat sehr erstaunt.

»Aber wir haben doch die Zollkontrolle schon hinter uns!« meinte Külz.

»Auf dem Trajekt wird noch einmal kontrolliert«, erklärte der gut informierte Fahrgast.

»Das kapier ich nicht«, sagte Külz. »Auf der Herfahrt wurde das nicht gemacht.«

»Sind Sie auf dem deutschen Trajekt gekommen?« fragte ein andrer Mitreisender.

»Jawoll, auf dem deutschen!«

»Da haben Sie's«, sagte der gut Informierte. »Und jetzt fahren wir auf dem dänischen. Da ist man gründlicher.«

»Diese verdammten Bürokraten!« knurrte Philipp Achtel.

»Doppelte Buchführung«, meinte ein andrer Fahrgast ironisch.

»Also schön«, sagte Külz und setzte sich resigniert auf die grünen Hosen. »Abwarten und Tee trinken.«

Herr Achtel hob seinen Koffer herunter, stellte ihn auf die Sitzbank und öffnete ihn. »Hoffentlich geht's rasch. Ich habe Durst.«

Herr Karsten blickte zum Fenster hinaus und sagte nach einer Weile: »Dort kommt jemand in Uniform. Das scheint der Betreffende zu sein.«

Die Coupétür öffnete sich. Ein Mann stieg ein. Er trug eine blaue Schiffermütze mit Goldborten und einen weiten Radmantel. Er salutierte und gab längere Erklärungen in einer fremden Sprache ab.

Philipp Achtel anwortete ihm, schüttelte den Kopf und zeigte einladend auf seinen Koffer.

Der Zollbeamte wühlte darin herum, machte ein ziemlich böses Gesicht und salutierte wieder. Nun öffneten die anderen Fahrgäste ihre Koffer und Taschen. Der Uniformierte waltete seines Amtes.

»Haben Sie etwa Zigaretten oder Schokolade geschmuggelt?« fragte Storm flüsternd.

»Nein«, sagte Külz und schloß schweren Herzens seinen Koffer auf.

Der Beamte trat zu ihm und fragte Verschiedenes in seiner Sprache.

Herr Achtel sprang in die Bresche und redete lebhaft auf den Mann ein. Dabei legte er seinen Arm um Külzens Schulter.

Der Beamte griff in den Koffer, holte einen weißleinenen großen Knäuel hervor und fragte etwas.

»Er will wissen, was das ist«, meinte Philipp Achtel.

»Das ist mein Nachthemd, wenn er nichts dagegen hat«, antwortete Külz gereizt.

Die anderen lachten. Achtel erklärte dem Beamten die Bedeutung des Linnengewandes. Der Mann stopfte es in den Koffer, klappte dann den Kofferdeckel zu, blickte die Fahrgäste streng an, salutierte kurz und kletterte wieder aus dem Wagen.

Külz atmete auf, schloß erleichtert seinen Koffer zu und verwahrte den Schlüssel sorgfältig im Portemonnaie. »Ein unangenehmer Kerl«, sagte er. »Ich bin Ihnen sehr dankbar, daß Sie mir so beigestanden haben. Ich dachte schon, er würde mein Nachthemd beschlagnahmen!«

»Und nun können Sie in den Speisesaal gehen, lieber Külz«, meinte der kleine Storm. »Ich bleibe hier unten. Ich kann heute kein Wasser sehen. Und Aquavit schon gar nicht!«

»Wir reservieren Ihnen Ihren Platz«, meinte Karsten.

»Vielen Dank!« sagte Külz. »Sie sind alle so furchtbar nett zu mir. Ich komme mir schon wie Ihr Großvater vor.« Er nahm seinen Koffer und öffnete die Wagentür. Ehe er hinunterstieg, griff er in die Jackentasche, holte eine Schachtel hervor und lächelte schadenfroh. »Sehen Sie«, meinte er, »und ich habe doch Zigaretten geschmuggelt!«

»Sie sind ein Mordskerl!« rief Herr Storm anerkennend.

Und Papa Külz kletterte stolz aus dem Abteil auf die Schiffsplanken.

Die Fahrgäste der ersten und zweiten Klasse hatten in dem eleganten und lichten Speisesaal Platz genommen oder standen in tätiger Bewunderung vor den langgestreckten Tafeln, auf denen von Hummer angefangen bis zu den Schwedenfrüchten mit süßer Sahne alles zu finden war, was Herz und Magen begehren. Sie beluden ihre Porzellanteller mit den Herrlichkeiten, die sich darboten, und kehrten lüstern an ihre Tische zurück.

Dieser Weg wurde von vielen des öfteren zurückgelegt. Denn ob man nichts oder ein Fuder aß – der Preis war der gleiche.

Die Ostsee schlug Wellen. Manchmal tauchte im Rahmen der Fenster der Himmel auf, und manchmal das Meer. Besonders empfindsame legten Messer und Gabel müde aus den Händen und preßten die Lippen fest aufeinander. Welch ein Jammer!

Doch im allgemeinen ging es ohne Zwischenfälle ab.

Herr Struve hatte sich zu Irene Trübner gesetzt, obwohl sie, als er sich ihrem Tisch näherte, nicht gerade einladend dreinschaute. Nun aß er eifrig. Sie stocherte mit der Gabel in etlichen Salaten herum.

»Angst um die schlanke Linie?« fragte er.

»Nein«, erwiderte sie. »Ich habe überhaupt keine Angst.«

»Das ist viel wert«, sagte er.

Sie betrachteten einander prüfend, schwiegen und aßen weiter. Da erschien Fleischermeister Külz auf der Bildfläche, samt Knotenstock und Koffer, und sah sich suchend um. Als er Fräulein Trübner entdeckte, leuchteten seine Züge auf. Er wanderte vorsichtig über das spiegelglatte Parkett, bis er vor ihrem Tische stand. Er verbeugte sich und fragte, ob es gestattet sei.

Sie lächelte behutsam und nickte.

»Külz«, sagte der alte Tiroler und lüftete den Velourshut.

»Struve«, erklärte der junge Mann.

Der Fleischermeister nahm Platz und sah sich in der Gegend um. »Aha! Hier ist Selbstbedienung. Wie in der Volksküche.« Er erhob sich wieder. »Darf ich Sie bitten, gut auf meinen Koffer zu achten?« fragte er die junge Dame und zwinkerte bedeutsam mit den Augen. Dann entfernte er sich.

»Sie kennen den Mann?« fragte Struve.

»Seit gestern. Ein hochanständiger Mensch.«

»Mir gegenüber sind Sie weniger vertrauensselig.«

Sie setzte sich kerzengerade und sagte hoheitsvoll: »Alles zu seiner Zeit!«

Er schwieg und beschäftigte sich mit seinem Geflügelsalat.

Dann kehrte Papa Külz zurück. Er balancierte einen schwer beladenen Teller, schielte nach seinem Koffer und sank erschöpft in den Stuhl. »Das reinste Delikatessengeschäft«, behauptete er. »Ich fürchtete schon, ich käme wegen der blöden zweiten Zollkontrolle überhaupt nicht mehr zum Essen!«

»Weswegen?« fragte der junge Mann.

»Wegen der zweiten Zollkontrolle«, sagte Külz. »Auf den deutschen Dampfern gibt's das nicht. Nur auf den dänischen. Na ja, das macht die Bürokratie. Und die doppelte Buchführung.« Er lachte gutgelaunt und verlegte sich aufs Essen.

»Eine zweite Zollkontrolle?« fragte Struve. »Wann denn?«

Külz kaute. »Vor zehn Minuten. Ein Mensch mit einem abscheulichen Gesicht war's. Er hatte eine Pelerine um. War er denn nicht auch bei Ihnen?«

»Nein«, flüsterte Fräulein Trübner. »Bei uns war er nicht, Herr Külz.«

»Hier scheint man individuell behandelt zu werden«, stellte Rudi Struve fest. »Ich beginne zu glauben, daß die zweite Zollkontrolle in einem einzigen Abteil stattgefunden hat.«

Herrn Külz blieb die Gänseleberpastete im Munde stecken. Er würgte den Bissen mühevoll hinunter und fragte: »Was wollen Sie damit sagen?«

»Daß man sich für das Gepäck in Ihrem Coupé mehr als für die Koffer der übrigen Passagiere interessiert hat«, erklärte der junge Mann. »Ich weiß natürlich nicht, weswegen. Aber irgendeinen Grund dürfte es schon gehabt haben.«

Külz starrte Fräulein Trübner an und bewegte lautlos die Lippen. Sein buschiger grauer Schnurrbart zitterte wie Espenlaub. Hastig griff er nach seinem Koffer, legte ihn auf die Knie, zog das Portemonnaie hervor und holte die Kofferschlüssel heraus.

»Nicht hier!« sagte Fräulein Trübner. Es klang wie ein Befehl.

Herr Struve blickte nervös von einem zum andern.

»Ich werde verrückt«, murmelte Külz. »Wenn der Herr recht hat, kann ich mich aufhängen.«

»Nun verlieren Sie nicht den Kopf!« sagte Fräulein Trübner und stand auf. »Ich setze mich draußen in einen Liegestuhl. Sie, lieber Herr Külz, vergewissern sich irgendwo, wo sie unbeobachtet sind, ob die zweite Zollkontrolle – normal verlaufen ist. Und dann kommen Sie, bitte, sofort zu mir an Deck!«

Fleischermeister Külz erhob sich, nahm den Koffer und verließ den pompösen Speisesaal mit müden Schritten. Sein mit schmackhaften Gerichten garnierter Teller blieb als Waise zurück.

Irene Trübner entfernte sich durch die Seitentür, die zum Promenadendeck führte.

Der junge Herr, der Rudi hieß, folgte Külz in einigem Abstand, postierte sich vor der Waschtoilette und wartete.

Fräulein Trübner hatte an Deck Platz genommen. Die Stühle neben ihr waren leer. Der Wind pfiff, und die Wolken hatten es eilig. Am Horizont schwankte ein Fischkutter. Manchmal verschwand er hinter glasgrünen Wellenbergen. Manchmal wurde er hoch emporgehoben. Bis an den Himmel hinan.

Schwere Schritte näherten sich. Sie wandte den Kopf.

Es waren Külz und Struve.

Der junge Mann hatte den alten Mann untergefaßt, als führe er einen Kranken. Den Koffer trug er außerdem. Ein Stück weißes Leinen schaute heraus.

Külz setzte sich neben die junge Dame. »Fort!« sagte er nur. »Fort!«

»Man muß augenblicklich den Kapitän verständigen«, meinte Herr Struve energisch. »Die zweite Zollkontrolle war ein Bluff. Herr Külz ist bestohlen worden. Niemand darf in Warnemünde das Schiff verlassen, bevor er von der Polizei untersucht worden ist.«

»Mischen Sie sich, bitte, nicht in meine Angelegenheiten!« sagte Fräulein Trübner.

»Wieso in Ihre Angelegenheiten?« fragte er. »Herr Külz ist bestohlen worden, nicht Sie!«

»Doch sie!« murmelte der Fleischermeister. »Doch das Fräulein! Die Miniatur gehört doch ihr!«

»Die Miniatur?«

»Für sechshunderttausend Kronen«, stammelte der alte Mann verzweifelt. »Das kann ich Ihnen nie ersetzen. Niemals, mein Fräulein.«

»Davon ist ja auch gar nicht die Rede«, sagte sie. »Die Verantwortung trage ich allein.«

»Großartig!« erklärte Herr Struve. »Und Sie weigern sich trotzdem, daß ich den Kapitän verständige?«

»Ich weigere mich ganz entschieden!«

Papa Külz hatte die Hände vors Gesicht gelegt und schüttelte den Kopf. »Oh, sind die Menschen schlecht«, stöhnte er. »Mich so zu betrügen! Der Zollbeamte war falsch! Und der Fahrgast, der von der zweiten Kontrolle zu reden anfing, war falsch!«

»Beruhigen Sie sich, lieber Herr Külz«, sagte Fräulein Irene Trübner. »Die Miniatur war auch falsch!«

Das siebente Kapitel
Der Koffer und die Zigarren

Sie lehnten zu dritt an der Reling. Irene Trübner stand zwischen den beiden Männern. Papa Külz hatte den braunen Veloursh ut abgenommen, ließ sich den Sturm durch das graue Haar wehen und blickte ungläubig lächelnd aufs Meer. Ihm war zumute, als sei er sehr krank gewesen und als habe der Arzt eben gesagt: »Nun können Sie wieder aufstehen, Meister!«

Der Herr, der Rudi hieß, musterte das junge Mädchen, das neben ihm lehnte, und wußte nicht, was er im besonderen und im allgemeinen von der Sache halten sollte.

»Entschuldigen Sie, liebes Fräulein«, sagte Herr Külz. »Ich bin noch völlig durcheinander. Erst der Schreck und nun die Freude. Eins verstehe ich am allerwenigsten. Wenn die Miniatur, die mir diese Mausehaken geklaut haben, falsch war, brauchten Sie mir doch nicht einzureden, sie sei echt!«

»Doch, Papa Külz! Das mußte ich Ihnen einreden«, erwiderte sie. »Sind Sie mir deshalb böse?«

»Nicht im Traum«, sagte er. »Sie haben mich zwar mächtig auf den Arm genommen. Aber böse sein, nein, böse sein kann ich Ihnen wirklich nicht. Und warum«, fragte er das Mädchen, »warum mußten Sie mir einreden, daß die falsche Miniatur echt sei?«

»Aus einem höchst einfachen Grunde! Weil es zwei Miniaturen gibt! Eine falsche und eine echte!«

Die beiden Männer verloren beinahe die Balance.

»Jawohl«, sagte Irene Trübner. »Der amerikanische Sammler, dem das Original gehörte, ließ schon vor Jahren eine Kopie anfertigen. Von einem amerikanischen Holbein-Kopisten. Sie wurde auf Ausstellungen statt der echten Miniatur gezeigt, ohne daß jemand davon wußte. Die echte selbst auszustellen, war zu riskant. Informiert waren nur der Sammler und sein Kustos. Und neuerdings der Auktionator. Herr Steinhövel erwarb die Kopie automatisch mit dem Original und deponierte beides in einem Kopenhagener Banktresor.«

»Und die Männer, die Sie bis zum Bahnsteig brachten?« fragte Külz.

»Das waren Bankdetektive. Ist nun alles klar?«

»Nein«, antwortete Herr Struve. »Es geht mich absolut nichts an, aber ich wüßte gern, warum Sie nun eigentlich Herrn Külz die Kopie gaben und ihm einschärften, es sei das Original.«

»Mich geht es zwar sehr viel an«, brummte Külz. »Aber ich wüßte es auch ganz gern.«

Fräulein Trübner sagte mit einem mißtrauischen Seitenblick auf Struve: »Seit gestern mittag hatte ich das untrügliche Empfinden, daß man mich beobachtet und auf Schritt und Tritt verfolgt. Herr Külz meinte allerdings, daß ich nur nervös sei ...«

»Und daß sich das nach dem ersten Kind legen würde«, erzählte Külz schmunzelnd. »Aber Fräulein Trübner meinte, so lange könne sie nicht warten.«

»Diese Meinung entspricht durchaus den Tatsachen«, bemerkte der junge Mann.

Irene Trübner überhörte das und fuhr fort: »Am Nachmittag brachten die Zeitungen die Meldung, daß Kunstgegenstände im Werte von einer Million Kronen verschwunden waren. Es unterlag keinem Zweifel: ich saß in der Falle. Ich wußte mir keinen Rat. Bis ich auf den Gedanken verfiel, Herrn Külz um Hilfe zu bitten.« Sie legte ihre Hand dankbar auf den Lodenärmel des alten Herrn. »Wir blieben lange Zeit im Hotel sitzen. Wenn man mich, wie ich annahm, beobachtete, mußte das auffallen. Wir gingen in die Amalienborg und setzten uns auf eine Bank, wo wir nicht belauscht, aber beobachtet werden konnten. Wahrscheinlich ist man uns gefolgt.«

»Und ob!« sagte Herr Struve. Und als ihn die beiden anderen neugierig ansahen, verbesserte er sich. »Todsicher ist man Ihnen gefolgt! Das geht ja aus dem Raub der Kopie eindeutig hervor!«

»Wenn man uns aber gefolgt war«, fuhr Fräulein Trübner fort, »dann mußte unsre nächste Begegnung doppelt gründlich beobachtet werden. Damit war zu rechnen. Und deshalb bestimmte ich den Bahnhof als Treffpunkt. Dort konnte sich mühelos ein Dutzend Spitzel aufhalten. Sie mußten sehen, daß ich tat, als ob ich Herrn Külz nicht kennte. Und sie mußten sehen, daß ich ihm betont heimlich ein Päckchen zusteckte! Das konnte, ihrer Meinung nach, nur die Miniatur sein. Also mußten sie Herrn Külz bestehlen.« Sie kicherte selig wie ein Backfisch. »Nun, meine Rechnung hat gestimmt. Herr Külz wurde bestohlen! Die Miniatur ist fort! Glücklicherweise die falsche!«

»Wenn Sie mir wenigstens die Wahrheit gesagt hätten!« meinte Herr Külz. »Dann hätte ich vorhin nicht so einen Schreck gekriegt.«

»Lieber Herr Külz«, sagte die junge Dame, »wenn ich Ihnen die Wahrheit vorher gesagt hätte, wäre der Bluff mißlungen. Denn Sie sind ein viel zu ehrlicher Mensch, als daß Sie sich verstellen könnten. Die Diebe hätten Ihnen an der Nasenspitze angesehen, daß wir sie hineinlegen wollten.«

»Ehrt mich«, meinte Külz. »Fahren Sie fort! Was wird nun?«

»Nun ist die Bande davon überzeugt, die echte Miniatur zu besitzen. Und vor Berlin wird man von unserem Schachzug nichts merken.«

»Entschuldigen Sie, daß ich mich einmische«, sagte Struve. »Aber Sie müssen natürlich so tun, als wüßten Sie von dem Diebstahl nicht das geringste.«

»Das ist die Hauptsache«, bestätigte das junge Mädchen. »Sonst war alles vergeblich.«

Herr Struve dachte nach. Dann meinte er: »Somit käme für Herrn Külz erst jetzt der schwerste Teil seiner Aufgabe.«

Irene Trübner nickte.

»Nun macht aber einen Punkt!« rief der Fleischermeister. »Ich bin ein gutmütiger alter Esel. Zugegeben. Ich freue mich, daß ich mich nützlich machen konnte. Vorläufig habe ich aber genug vom Indianerspielen. Mir ist schauderhaft zumute. Und außerdem habe ich Hunger.«

»Essen können Sie natürlich, bevor Sie . . .«

»Bevor ich was tue?« fragte Külz. »Soll ich mir jetzt vielleicht einen langen schwarzen Bart umhängen? Oder über Bord springen und geduckt hinter dem Schiff herlaufen?«

»Die Aufgabe ist schwieriger«, erklärte der junge Mann. »Sie müssen wieder in Ihr Coupé!«

Külz trat erschrocken einen Schritt zurück und hob abwehrend beide Arme.

»Und Sie müssen sich mit den Fahrgästen unterhalten, als sei nicht das mindeste geschehen.«

»Dann springe ich schon lieber über Bord«, sagte Herr Külz dumpf.

»Sie müssen zurück!«

»Gut«, erwiderte der alte Riese. »Wie Sie wünschen. Dann drehe ich aber leider dem Halunken, der mir das von der zweiten Zollkontrolle vorgequatscht hat, den Hals um. Darauf können Sie Gift nehmen, meine Herrschaften! Mit so einem Strolch soll ich mich freundlich unterhalten? Lächeln soll ich womöglich auch noch?«

»Selbstverständlich«, sagte Rudi Struve. »Sehr viel lächeln!«

»Das Genick brech ich ihm!«

»Lieber, guter Herr Külz«, bat Irene Trübner. »Lassen Sie mich jetzt nicht im Stich! Bitte, bitte! Sonst war alles, was wir erreicht haben, zwecklos.«

Külz stand unentschlossen da und kämpfte mit sich. Dann drehte er sich um und schritt zur Treppe.

»Herr Külz!« rief Rudi Struve.

Der Fleischermeister hielt inne.

»Aus Ihrem Koffer schaut ein Zipfel heraus. Den müssen Sie wegstecken, ehe Sie in den Zug steigen! Sonst weiß man, daß Sie Bescheid wissen.«

Külz senkte den Blick. »Ach so«, sagte er. »Mein Nachthemd!« Dann kletterte er melancholisch treppab.

Philipp Achtel trat vom Coupéfenster zurück und flüsterte: »Achtung, er kommt!«

Die anderen setzten sich zwanglos in Positur und zogen bemüht harmlose Gesichter.

»Was machen wir, wenn er etwas gemerkt hat?« fragte Karsten.

»Der hat nichts gemerkt«, meinte der kleine Herr Storm. »Das liegt dem nicht.«

»Und wenn er es zufällig gemerkt hat?« fragte Karsten. »Es soll ja schließlich schon vorgekommen sein, daß man in seinem Koffer etwas sucht, auch wenn nichts drin fehlt.«

»Das wird sich zeigen«, behauptete Achtel. »Er kann sich nicht verstellen! Und wenn er etwas gemerkt hat, dann werden wir tun, was der Chef befohlen hat.«

»Trinken kann er!« murmelte Storm. »Aber Salzwasser ist kein Aquavit.«

Da öffnete sich die Tür. Und der Mann, von dem so reizend gesprochen wurde, kam schnaufend ins Abteil.

»Herzlich willkommen!« rief Herr Achtel. »Hat das Essen geschmeckt?«

»Das kalte Büfett dort oben ist prima«, sagte Külz. »Ich könnte schon wieder essen!« Ihm lief das Wasser im Munde zusammen. Er dachte betrübt an die Vorspeisen, die er im Speisesaal verlassen hatte, und hustete geräuschvoll, damit man seinen Magen nicht knurren hörte. Dann hob er den Koffer behutsam hoch und legte ihn so zartfühlend aufs Gepäcknetz, als enthalte er dänische Frischeier.

Die anderen lächelten einander zu. »Wenn er wüßte!« dachten sie. Der kleine Herr Storm grinste wie ein Teufel.

Papa Külz setzte sich, streckte die Beine aus und griff in die Brusttasche. Nachdenklich zog er die

Hand zurück. Dann schüttelte er ärgerlich den Kopf und stand umständlich wieder auf.

»Was suchen Sie denn?« fragte Storm nervös.

»Ach, nur mein Zigarrenetui«, antwortete Külz. »Es liegt im Koffer.«

Die anderen saßen wie vom Blitz getroffen da. »Jetzt nimmt das Unglück seinen Lauf«, dachten sie.

Oskar Külz holte das Portemonnaie aus der Tasche und brachte den Kofferschlüssel zum Vorschein.

Herr Achtel faßte sich als erster. »Wozu denn die Umstände?« rief er jovial. Er reichte sein Etui herüber. »Rauchen Sie doch einmal eine Zigarre von mir!«

»Oder von mir!« fiel Karsten ein.

Ein anderer fragte: »Zigaretten rauchen Sie wohl gar nicht? Wie wär's mit einer Lucky Strike?«

Papa Külz betrachtete die Etuis und Schachteln, die sich ihm entgegenstreckten, nicht ohne Rührung. »Außerordentlich liebenswürdig, meine Herren! Aber das kann ich doch gar nicht annehmen!«

Herr Philipp Achtel schien gekränkt. »Wollen Sie uns beleidigen?«

»Behüte!« sagte der alte Mann erschrocken und steckte Schlüssel und Portemonnaie wieder weg. »Zigaretten habe ich selber. Die hab ich doch aber für meine Kinder geschmuggelt.« Er schielte zu

Achtels Etui hinüber, zögerte und griff endlich zu. »Ich bin so frei.«

Drei Passagiere gaben ihm Feuer.

Külz setzte sich und betrachtete die Runde voller Rührung. Das heißt, den Halunken, der ihn mit der Zollkontrolle angeschwindelt hatte, den ließ er aus. »So viele reizende Leute«, sagte er, und dann schmauchte er gemütlich vor sich hin.

Die anderen atmeten auf und lächelten gewinnend.

»Eine ausgezeichnete Zigarre«, meinte der Fleischermeister. »Nicht zu kräftig und nicht zu mild. Darf ich fragen, was Sie dafür bezahlt haben?«

Herr Achtel nannte den Preis. Anschließend rechnete Herr Storm geschwind vor, wieviel deutsche Reichspfennige dreißig Öre seien.

»Das werde ich nie lernen«, stellte Papa Külz fest. »Gestern verlangte ich doch in Kopenhagen tatsächlich eine Sechspfennigmarke! Wenn mein Freund Storm nicht war, wäre ich glatt aufgeschmissen gewesen.« Er lachte. Die anderen lachten mit.

»Übrigens habe ich die Karte im Hotel liegenlassen«, gestand Herr Külz treuherzig. »Meine Emilie wird denken, ich bin gestorben!«

»So rasch stirbt man nicht«, meinte Philipp Achtel.

»Na«, sagte Herr Storm. »Das geht manchmal sehr schnell.« Er schwieg und verschränkte die

Hände, daß die Finger knackten. »Ich habe einen Mann gekannt, der war Kassierer bei einer großen Bank ...«

Papa Külz blickte seinen Freund Storm mit großen Augen an. »Und?« fragte er besorgt.

Der kleine Herr Storm winkte ab. »Wozu an alten Wunden rühren?« meinte er ergriffen. »Der Mann war mein Freund.«

»Verkalkung?« fragte Külz.

»Nein. Er wurde, als er Bankgelder bei sich hatte, auf der Straße angesprochen. Man bat ihn um Feuer, wenn ich nicht irre. Und dann fiel er um.«

»Herzschlag?« fragte Külz.

»Nein. Eine Stricknadel. Spitzgefeilt. Zwischen die Rippen gestoßen.«

Papa Külz schauderte.

»Was es so alles gibt!« meinte Herr Achtel und konnte es kaum fassen. »Es gibt so schlechte Menschen!«

»Ja«, sagte Külz. »Da haben Sie recht.« Er warf einen vernichtenden Blick in jene Ecke, in der sein Feind saß. Dann besann er sich. »Aber die meisten Menschen sind glücklicherweise anständig.«

Die anderen nickten.

»Zweifellos«, erklärte Herr Achtel. »Was sollten wir sonst anfangen?«

Die anderen musterten ihn mißbilligend.

Külz blickte aus dem Fenster und zuckte zusammen. Denn an der Reling stand der weißbärtige Herr aus der Pension Curtius und schaute herüber.

Das achte Kapitel
Das Märchen vom braven Mann

Die Sonne schob die Wolken wie Flügeltüren auseinander und beleuchtete das Trajekt »Danmark« und die übrige Welt. Sie beschien, einem alten Brauche folgend, Gerechte und Ungerechte und machte keine Ausnahme.

»Ist das nun wirklich pure Großzügigkeit, daß sie alle bescheint?« fragte sich der Herr, der Rudi hieß. »Es wird Bequemlichkeit sein, weiter nichts. Wenn man sich vorstellt, sie beschiene nur die Guten, und die Bösen nicht, – welche Mühe und welche Verwicklungen!« Er hatte die Augen geschlossen und lag der Länge nach in einem Bordstuhl. »Für die Hüter der Ordnung«, meditierte er, »wäre es freilich praktischer, wenn's anders wäre. Sie gingen dann einfach bei Sonnenschein auf die Straßen und Plätze und verhafteten kurzerhand alle Menschen, die von der Sonne nicht beschienen würden! Es ist allerdings fraglich, ob die Verbrecher unter solchen Umständen bei Sonnenschein noch spazierengingen.«

Er streckte die Arme aus und räkelte sich. Und er dachte: »Wahrscheinlich gingen sie nur noch nachts aus. Und bei strömendem Regen. – Dadurch nähmen die Länder mit sechsmonatiger Regenzeit einen ungeahnten Aufschwung. Dank des Fremdenzustroms. Auch jene Gegenden, in denen monatelang keine Sonne scheint, würden aufblühen. Denn wie viele Menschen könnten sich denn noch ohne Bedenken in die Sonne wagen?«

Er lächelte spitzbübisch vor sich hin und malte sich, mit Sorgfalt und Hingabe, die logischen Folgen seiner schwachsinnigen Hypothese aus.

Irene Trübner, die neben ihm saß, musterte ihn kritisch. Ihre Stirnfalte reichte bis unter das flotte Hütchen. Würde es sich rächen, daß er ihr Geheimnis erfahren hatte? Und wenn er ein dunkler Ehrenmann war – warum gab er ihr und Papa Külz nützliche Ratschläge? Ihr Geheimnis wußte er nun. Aber wie hieß das seine?

Plötzlich lachte Herr Struve schallend und schlug die Augen auf.

»Ihnen geht's wohl zu gut?« fragte sie.

»Aufrichtig gesprochen, nein. Aber ich stellte mir gerade vor, wie die Welt aussähe, wenn die Sonne nur die Gerechten beschiene und die Ungerechten ausließe.«

»Wie dann die Welt aussähe? Ich wüßte lieber, wie dann Sie aussähen.«

»Nun, was glauben Sie? Strahlend weiß oder wie bei einer Sonnenfinsternis?«

»Vielleicht kariert«, meinte sie.

»Fragen Sie Ihren Instinkt!« riet er. Und pathetisch fügte er hinzu: »Der Zug des Herzens ist des Schicksals Stimme.«

»Daß ich nicht lache!« sagte sie streng.

»Behüte!« Er wechselte das Thema. »Hoffentlich stiftet Ihr sonniger Herr Külz in seinem Coupé kein Unheil.«

»Herrn Külz sieht man auf den ersten Blick an, daß er ein anständiger Mensch ist!« erklärte sie und musterte ihren Nachbarn vorwurfsvoll.

»Kunststück! Wenn ich dreißig Jahre älter bin, haben sich meine vorzüglichen Eigenschaften auch allmählich von der Seele bis ins Gesicht durchgesprochen! ›Rudi‹, werden Sie dann sagen, ›ich habe dir damals bitter unrecht getan. Kannst du mir verzeihen?‹ Wer weiß, ob ich's tue.«

»Glauben Sie wirklich, daß er Unheil anrichten wird?« fragte sie.

Der junge Mann erwiderte: »Ich liebe diesen prächtigen alten Mann. Aber Dummheit ist unberechenbar.«

Irene Trübner machte ein besorgtes Gesicht.

»Nur Mut«, sagte er. »Die Sache wird schon schiefgehen.« Dann schloß er von neuem die Augen und widmete sich dem Sonnenschein, der zwischen Gerechten und Ungerechten keinen Unterschied macht. Darüber schlief er ein.

Er erwachte dadurch, daß ihn jemand rüttelte.

Es war Irene Trübner. »Verzeihen Sie«, flüsterte

sie. »Aber Herr Külz behauptet, den Herrn mit dem weißen Bart und der dunklen Brille bereits gestern abend in Kopenhagen kennengelernt zu haben.«

Oskar Külz, der sich in einen freien Stuhl gesetzt und den Koffer gewissenhaft daneben gestellt hatte, nickte schwerfällig. »Jawohl. In der Pension Curtius. Auf der Osterbrötchengade, oder wie die Straße heißt.«

»Irgendwo muß schließlich jeder Mensch wohnen«, behauptete Struve. »Warum also soll er nicht mit Ihnen in der gleichen Pension gewohnt haben?«

»Ich habe nicht in der Pension Curtius gewohnt. Ich ging nur hin, um Herrn Storm dort abzugeben.«

»Wer ist Herr Storm?« fragte der junge Mann.

»Ein Bekannter von mir. Ein sehr netter Mensch. Ich lernte ihn gestern in dem Hotel kennen, in dem ich auch Fräulein Trübner kennenlernte. Er half mir am Kiosk, als ich Briefmarken verlangte. Die Karte habe ich dann vergessen, in den Kasten zu stecken.«

»O je«, sagte Fräulein Trübner. »Ihre arme Frau!«

Rudi Struve setzte sich neugierig auf. »Trafen Sie Herrn Storm wieder, lieber Herr Külz?«

»Ja. Gegen Abend. Ganz zufällig. Er stand vor einem Kunstgeschäft. Und ich sprach ihn an. Er behauptete, der Aquavit sei in Kopenhagen besser als anderswo. Und dann lud er mich ein.«

»Und dann trank er Sie unter den Tisch?«

»Unterm Tisch lag zum Schluß, wenn ich ehrlich sein soll, Herr Storm. Als ich ihm zutrinken wollte, war er weg. Er saß neben seinem Stuhl und war nicht mehr ganz beisammen. Erst als ihm der Kellner kaltes Wasser über den Kopf goß, fiel ihm seine Adresse wieder ein.«

»Die besagte Pension Curtius.«

»Ganz recht«, meinte Külz. »Ich lieferte ihn dort ab. Die Wirtsleute waren ausgegangen. Nur ein einzelner Herr war da. Ein Mieter. Mit einem weißen Bart und einer dunklen Brille. Er wohnte erst einen Tag dort und wußte deshalb nicht, ob Storm tatsächlich in der Pension wohnte. Ich lud Storm auf dem Sofa im Speisezimmer ab und fuhr in mein Hotel.«

»Was irritiert Sie eigentlich?« fragte Struve. »Warum soll der Herr mit Bart und Brille nicht nach Berlin reisen, wenn's ihm Spaß macht?«

»Sie sind plötzlich so gutgläubig geworden«, sagte Fräulein Trübner ärgerlich.

»Ich möchte Ihnen gefallen«, entgegnete Rudi Struve. »Ich weiß, Sie schätzen das.«

»Lassen Sie den Unsinn!« bat sie.

»Na schön.« Struve wandte sich an Külz. »Sie trafen Herrn Storm vermutlich heute auf dem Bahnhof wieder.«

»Wir hatten es so verabredet«, sagte Külz. »Ich war froh, nicht allein reisen zu müssen, sondern mit einem Bekannten. Vor allem wegen der Miniatur in meinem Koffer.«

»Hatten Sie ihm davon erzählt?«

»Erlauben Sie! Wenn nicht der Kerl am Fenster die Geschichte mit der zweiten Zollkontrolle aufgetischt hätte, wäre alles gut gegangen. Aber auf diesen Schwindel sind natürlich alle anderen im Abteil hereingefallen!«

»Lauter nette Leute, was?« erkundigte sich Struve.

»Ganz reizende Menschen«, bestätigte Külz.

»Natürlich«, sagte Struve. »Eine Frage, lieber Herr Külz. Wie kamen Sie eigentlich in das nette Coupé? Wollten Sie hinein? Oder Ihr Bekannter?«

»Ich wollte eigentlich erst in ein andres Abteil. Doch da saß eine alte Dame drin. Und Herr Storm ist abergläubisch. Alte Damen bringen ihm Unglück. Darauf mußte ich Rücksicht nehmen.«

»Selbstverständlich«, meinte Struve.

»Unser Coupé fand dann Herr Storm. Er fragte einen Herrn, der aus dem Fenster sah, ob noch Platz sei.«

»Und es waren gerade noch zwei Plätze frei?«

»Jawohl.«

»Und der Herr, der aus dem Fenster blickte, hatte eine kupferrote Nase«, vermutete Struve. »Stimmt's?«

Fräulein Trübner staunte.

»Und ob!« rief Papa Külz. »Einen tollen Zinken! Auch ein sehr reizender Mensch. Er reist nach Warnemünde. Dort besucht er seine Gattin und seine beiden Kinder.«

»Die lieben Kleinen.« Rudi Struve lachte.

»Das ist aber merkwürdig«, stellte Külz fest. »Genau dasselbe sagte der Kerl, der uns mit der Zollkontrolle hineingelegt hat!«

»Der ausgeprägte Familiensinn rotnasiger Männer scheint auf dieser Reise nicht sehr ernst genommen zu werden. Und nun noch eine bescheidene Frage, lieber Herr Külz.«

»Bitte schön.«

»Die Insassen Ihres Coupés kennen einander ganz gewiß nicht!«

»Bewahre! Es ist eine richtige, bunt zusammengewürfelte Reisegesellschaft. Aber, wie gesagt, sie sind alle reizend! Und so liebenswürdig! Vorhin wollte ich mein Zigarrenetui aus dem Koffer holen. Glauben Sie, sie hätten das zugelassen? Ausgeschlossen! Alle boten mir, wie auf Kommando, Zigarren und Zigaretten an. Schade, daß Sie das nicht gesehen haben. Ich war von Etuis und Zigarettenschachteln geradezu belagert! Es war rührend!«

Rudi Struve konnte nicht mehr ernst bleiben. Er lachte sein helles, aufreizend vergnügtes Primanerlachen.

Papa Külz war entrüstet. »Was gibt's denn da zu

lachen? Bloß weil wildfremde Menschen höflich und zuvorkommend sind? Sehr fein ist das nicht, junger Mann.«

»Nein«, erwiderte Struve. »Fein ist das nicht, aber verständlich.« Er war wieder ernst geworden. »Gnädiges Fräulein, ich halte es für dringend notwendig, Herrn Külz ins Bild zu setzen. Wer weiß, was sonst noch alles passiert.«

Irene Trübner nickte unmerklich mit dem Kopfe.

»Lieber Herr Külz«, sagte Struve. »Ich muß Ihnen eine Geschichte erzählen, die sie noch nicht kennen.«

»Schießen Sie los!«

»Also – es war einmal ein Mann, der grundanständig war und deswegen alle anderen Menschen für genau so anständig hielt.«

»Es war einmal?« fragte Külz. »Das klingt ja wie ein Märchen!«

»Es ist auch eines«, erwiderte der junge Mann freundlich. »Der brave Mann, von dem die Rede ist, kam eines Tages in einer fremden Stadt in ein fremdes Hotel und lernte dort eine schöne Prinzessin kennen, die ihn um Hilfe bat. Da er ein braver Mann war, war er natürlich sofort einverstanden. Die schöne Prinzessin wurde von einer Räuberbande verfolgt, die es auf einen kostbaren Schmuck abgesehen hatte, den sie besaß. Einige Räuber beobachteten das Gespräch zwischen ihr und dem braven Mann von ferne. Sie dachten sich ihr Teil und beschlossen, sich mit ihm anzufreunden. Deshalb sprach ihn einer von den Räubern an. Ein Mensch, der sich durch seltsam durchsichtige und hochgerutschte Ohren auszeichnete. Der brave Mann fand, der andere sei ebenfalls ein braver Mann. Aber als der wirklich brave Mann mit der verfolgten Prinzessin das Hotel verließ, ging der Strolch mit zweien seiner Kumpane hinter dem Paare her. Interessiert Sie das Märchen?«

»Doch, doch«, sagte Herr Külz. »Schöne Prinzessinnen waren schon immer eine Schwäche von mir.«

»Nun gut. Als sich der brave Mann von der Prinzessin verabschiedet hatte, beschloß der kleine Kerl, den anderen betrunken zu machen. Denn die Räuber hofften, von dem braven Mann, wäre er erst betrunken, die Pläne der Prinzessin zu erfahren. Der Kerl mit den verrutschten Ohren lief also dem braven Mann zufällig in den Weg. Und sie wanderten selbander ins Wirtshaus. Nun begab es sich aber, daß der brave Mann mehr Schnaps vertrug als der kleine Gauner. Und so kam es, daß der treuherzige, brave Mann den Räuber in dessen Wohnung ablieferte. Die Wirtsleute waren nicht da, weil die Wohnung gar keine Wirtsleute hatte, sondern eine Räuberhöhle war. Der Herr mit dem weißen Bart und der dunklen Brille, der die Tür aufschloß, war der Räuberhauptmann. Und in allen Zimmern hockten seine Untergebenen. – Der brave Mann lieferte den betrunkenen Räuber ab und ging nach Hause. Daß er gesund und lebendig davonkam, lag einmal daran, daß ihn die Bande noch brauchte, und zum andern daran, daß solch brave Männer im Märchen sehr einflußreiche Schutzengel haben.«

Papa Külz saß stumm im Stuhl. Sein Mund stand ziemlich weit offen, und der graue buschige Schnurrbart zitterte.

»Tags darauf«, berichtete Struve, »übergab die schöne Prinzessin dem braven Mann den Schmuck, den die Räuberbande rauben wollte. Einige Räuber sahen das. Kurz darauf tauchte der Dieb, der so seltsame Ohren hatte, auf, und sie suchten ein passendes Eisenbahnabteil. Sie setzten sich natürlich nicht in das Abteil, in das der brave Mann wollte, sondern in jenes, aus dem ein Mensch mit einer roten Nase heraussah. Das war kein Wunder. Denn der Mensch mit der roten Nase gehörte zu der gleichen Bande wie der Dieb mit den verrutschten Ohren. Und nicht nur diese beiden gehörten dazu, sondern sämtliche Männer, die in dem Eisenbahnabteil saßen und so taten, als seien sie fremd miteinander.«

»Das dürfen Sie nicht sagen!« Herr Külz flüsterte es nur. Aber als ihn der andere mit freundlichem Bedauern lange anschaute, ließ er den Kopf sinken, als schäme er sich für jene Leute.

Der junge Mann fuhr mit seinem Märchen fort.

»Sie hatten einen Plan gemacht. Der Plan war nicht schlecht. Denn er war auf einem gar mächtigen Fundament erbaut. Auf der Leichtgläubigkeit des braven Mannes. Einer der Bande erschien als Zöllner. Sie öffneten das Gepäck, und so stahl er den Schmuck aus dem Koffer, ohne daß der brave Mann Verdacht schöpfte. Nur als er, weil er Hunger hatte, das Abteil verließ, wurden sie unruhig. Den Schmuck, den hatten sie zwar. Aber wenn der brave Mann nun in ihrer Abwesenheit zufällig den Koffer öffnete und den Diebstahl bemerkte? Sie waren, wie alle Menschen ihres Schlags, aufs äußerste gefaßt. Raub und Mord sind eng verschwistert. Doch der brave Mann kehrte zurück und war nach wie vor freundlich zu ihnen. Also konnte er nichts von alledem wissen. Nur als er aufstand und aus seinem Koffer Zigarren herausnehmen wollte – da durchfuhr sie ein gewaltiger Schreck. Er durfte den Koffer um keinen Preis öffnen! Deswegen beeilten sie sich alle und boten dem Manne Zigarren und Zigaretten an. Und er war, weil er ein braver Mann war, von soviel Liebenswürdigkeit bis zu Tränen gerührt.«

Herr Struve machte eine Pause.

Fleischermeister Oskar Külz aus Berlin saß vornübergeneigt. Sein Gesicht war blutrot, und die Fäuste lagen wie Hämmer auf den Knien.

»Bis hierher reicht das Märchen«, berichtete Struve. »Aber es ist noch nicht zu Ende.«

»Doch!« Herr Külz stand auf. »Das Märchen ist aus!« Er ergriff seinen Stock und ging, ohne mehr zu sagen, mit schweren Schritten zur Treppe.

Die jungen Leute blickten dem alten, gebeugten Riesen erstaunt nach. Dann sprangen sie im selben Augenblick auf und rannten hinter ihm her.

»Wo wollen Sie hin?« fragte Irene Trübner ängstlich.

Er schob ihre Hand unsanft beiseite. »Ins Coupé!«

»Und was wollen Sie dort tun?« fragte Struve.

»Abrechnen!« sagte der alte Mann. »Ich schlage die Lumpen tot. Mit der flachen Hand. Lassen Sie mich los!«

»Nein«, erwiderte der junge Mann. »Und wenn ich mich mit Ihnen hier auf Deck herumprügeln sollte, obwohl Sie mir sehr sympathisch sind! Und wenn man uns anschließend ins Krankenhaus bringen sollte! In Ihr Coupé lasse ich Sie in dieser Verfassung nicht!«

Herr Külz, dieser gutmütige Mensch, hob die Faust, um den Herrn, der Rudi hieß, zu schlagen.

Da trat Irene Trübner zwischen beide und sagte: »Papa Külz! Was fällt Ihnen denn ein! Ich denke, Sie wollen mir helfen?«

»Es hat alles seine Grenzen«, knurrte er. »Außer meiner Dummheit, versteht sich.« Dann ließ er die erhobene Faust sinken und sagte zu dem anderen: »Entschuldigen Sie vielmals!«

»Bitte sehr.«

Fräulein Trübner hakte sich bei dem jähzornigen Riesen unter und zog ihn Schritt um Schritt zu den Bordstühlen hin. »Alle Räuber werden Sie doch nicht totschlagen können.«

»Nein. Nur die im Coupé.«

Rudi Struve lachte. Dann meinte er skeptisch: »Mit zehn Fingern gegen zehn Revolver kämpfen ist Geschmacksache.« Er drückte den braven Mann in einen Stuhl.

Sie saßen lange Zeit wortlos beisammen. Irene Trübner zeigte mit der Hand nach dem Horizont. Die deutsche Küste kam in Sicht.

»Es geht nicht!« meinte Külz nach einer Weile. »Ich kann mit den Kerlen nicht zusammenbleiben. Es geht tatsächlich nicht! Ich steige in Warnemünde aus. Sonst passiert ein Unglück. Ich muß sofort vom Schiff herunter!«

Das neunte Kapitel
Külz lernt endlich seine Frau kennen

In Warnemünde hatte der Zug den Dampfer verlassen. Und nun fuhr er wieder, wie sich's für Eisenbahnen gehört, zwischen Wiesen und Feldern hin und an Dörfern und Viehherden vorüber. Ein Reisender, der kurz nach Kopenhagen eingeschlafen und jetzt erst erwacht wäre, hätte kaum erraten können, ob er sich noch in Dänemark oder schon in Mecklenburg befand. Die beiden Landschaften sind einander zum Verwechseln ähnlich.

In einem Abteil zweiter Klasse unterhielt sich ein weißbärtiger Herr, der eine dunkle Brille trug, mit einem Krefelder Textilfabrikanten über den europäischen Außenhandel. Sie erörterten die durch den Weltkrieg geschaffene neue Lage. Sie sprachen darüber, daß die Jahre, in denen Europa seinen großangelegten Selbstmordversuch unternahm, von den übrigen Kontinenten, den früheren Käufern europäischer Waren, klug benutzt worden waren. Die anderen Kontinente hatten sich industriell unabhängig gemacht.

Die beiden Männer erwogen die Gefahren, die einem Kontinent wie Europa dadurch erwachsen, daß er Rohstoffe importieren muß und nichts mehr ausführen kann, es sei denn bares Geld.

Da ging ein kleiner Herr draußen im Gang vorüber. Ein Herr, der sich durch hochgerutschte Ohren auszeichnete. Er blickte keineswegs in das Coupé herein.

Doch das Interesse des weißbärtigen Herrn spaltete sich. Die Anteilnahme am europäischen Handel schwand rapide. Schließlich erhob er sich, murmelte eine Entschuldigung und begab sich eilig auf den Gang.

Der kleine Herr stand am Ende des Waggons und schaute, als ob er selbstvergessen träumte, aus dem Fenster auf die schöne deutsche Landschaft hinaus.

Der Weißbärtige trat neben ihn. »Ich habe euch doch gesagt, daß ihr nicht hierherkommen sollt!« flüsterte er ärgerlich.

»Ich kann ja wieder gehen«, schlug der Kleine vor.

»Was gibt's?«

»Külz ist verschwunden!«

»Bestimmt?«

»Außer, er steht auf der Lokomotive. Aber dort wollten wir nicht nachsehen.«

»Laß deine blöden Witze!«

»Steinhövels Sekretärin ist auch fort.«

Der andere strich sich den weißen Bart.

»Und der junge Mann, der dem Mädchen seit gestern am Rock hing –«

»Der ist auch weg?«

»Der ist auch weg!«

Sie blickten in die Landschaft hinaus. Drüben stand eine verfallene Windmühle. Auf einem sanften grünen Hügel. Ringsum wogten die Felder. Der Wind streichelte sie.

»Ob sie was gemerkt haben?« fragte der kleine Herr leise.

»Dann wäre die Polizei schon da.«

»Vielleicht wartet sie in Berlin am Bahnhof.«

Der weißbärtige Herr runzelte die hohe Stirn. Dann sagte er: »Alles in Rostock aussteigen! Ich wohne im Hotel Blücher. Als Professor Horn. Klettert nicht alle aus dem gleichen Wagen! Verteilt euch, und setzt euch ins Café Flint. In den ersten Stock. Stellt einen Posten auf! Ich komme vorbei und gebe neue Anweisungen.«

»Gut, Chef!« meinte Storm. »Wird gemacht.« Dann kehrte er in seinen Waggon zurück.

Der andere blieb noch eine Weile am Fenster stehen. Die Schrebergärten Rostocks zogen vorüber. Die großen neuen Kliniken kamen in Sicht. Der Herr ging in sein Abteil und hob den Koffer aus dem Gepäcknetz.

»Nanu!« meinte der Krefelder Fabrikant. »Ich dachte, Sie führen auch nach Berlin?«

Der andere drückte den Hut auf den Kopf, legte den Paletot sorgfältig über den Arm und sagte: »Ich habe mir's anders überlegt. Ich will mir wieder einmal Rostock ansehen. Vor allem die alte Alma Mater. Ich habe hier drei Semester studiert. So etwas hakt sich im Gefühl fest. Eben sah ich die alten ehrwürdigen Backsteinkirchen auftauchen. Nein, ich kann nicht weiterfahren. Wer weiß, was einen in Berlin erwartet!« Er lachte. »So eine romantische norddeutsche Kleinstadt spricht eben doch mehr zum Herzen.«

»Vivat, crescat, floreat!« behauptete der Krefelder Fabrikant.

»Zweifellos«, sagte Herr Professor Horn. »Et pereat mundus!« Er lüftete den Hut und trat in den Gang hinaus.

Kurz darauf hielt der Zug. Der Herr Professor stieg aus, verließ den Bahnhof und schlenderte durch die Villenstraßen. Später winkte er einem Taxi, kletterte hinein und sagte zum Chauffeur: »Hotel Blücher!«

Er lehnte sich in den Fond zurück und dachte: »Steinhövels Leute sind verschwunden. Die Polizei hat uns nicht behelligt. Was soll das heißen?«

Auf seinen Knien lag der Koffer. Er betrachtete ihn aufs zärtlichste und schien zufrieden.

Das Hotel Beringer in Warnemünde liegt an der schönen breiten Strandpromenade und dicht am Leuchtturm, der sich vor der langgestreckten steinernen Mole erhebt.

In diesem renommierten Gasthof waren soeben

drei neue Gäste abgestiegen. Sie hatten drei nebeneinanderliegende Zimmer genommen und trafen sich, nachdem sie sich von dem sprichwörtlich gewordenen Reisestaub befreit hatten, in der Hotelhalle.

»Da wären wir denn!« stellte Rudi Struve fest. »Ich habe davor gewarnt, auszusteigen. Sie haben es trotzdem getan. Was machen wir nun?«

»Einen Ausflug«, schlug Irene Trübner vor.

»Der Fehler liegt an mir«, sagte Fleischermeister Külz. »Ich habe mich albern benommen. Zugegeben. Doch es gibt nun einmal Fälle, wo ich rot sehe. Ich bin wirklich, ohne mich loben zu wollen, eine Seele von Mensch. Aber was zuviel ist, ist zuviel.«

»Nun machen Sie sich, bitte, keine Vorwürfe, Papa Külz! Herr Struve sieht Gespenster. Unsre Räuberbande ist sicher heilfroh, daß sie Ihnen die Miniatur gestohlen hat. Und sie wartet bloß darauf, in Berlin untertauchen zu können.«

»Ganz wie Sie wünschen«, erklärte Rudi Struve höflich.

Irene Trübner blickte froh zum Hotelfenster hinaus. »Hier bin ich, hier bleibe ich. Morgen fahren wir mit dem ersten Zug nach Berlin. Das ist früh genug.« Sie wandte sich an den jungen Mann. »Oder werden Sie in Berlin erwartet?«

»Höchstens von meiner Wirtin«, sagte er. »Sie hat sicher Angst wegen der Miete. Im übrigen bin ich ein völlig alleinstehender Waisenknabe. Ohne Weib und Kind.«

Die junge Dame beeilte sich, das Thema zu wechseln. »Lieber Herr Külz, ich habe eine Bitte an Sie.«

»Schon erfüllt!« sagte er.

»Rufen Sie Ihre Gattin an!« bat das Mädchen. »Seit Sonntag ist Ihre Familie in Unruhe. Niemand weiß, wo Sie sind. Die Ansichtskarte haben Sie in Kopenhagen liegenlassen. Ich kann das nicht länger mit ansehen.«

Külz zog eine Grimasse.

»Wenn Sie nicht telefonieren, tue ich's«, sagte sie und wollte sich erheben.

»Bloß nicht!« Külz hob abwehrend die Arme hoch. »Wenn eine junge Dame meiner Frau telefonisch mitteilt, daß ich in Dänemark war und im Ostseebad Warnemünde Station gemacht habe, fahre ich überhaupt nicht wieder nach Berlin!«

»Haben Sie Angst vor Ihrer Frau?« fragte der junge Mann.

»Nein, aber vor den Begleiterscheinungen! Sie kennen meine Emilie nicht. Sonst würden Sie nicht so überflüssige Fragen stellen. Emilie kann sehr laut sein.«

Irene Trübner blickte ihn abwartend an.

Er erhob sich stöhnend. »Na schön. Was der Mensch braucht, muß er haben.« Nach dieser grundsätzlichen Bemerkung begab er sich ins Hotelbüro und meldete ein Ferngespräch nach Berlin an.

Die beiden jungen Leute waren allein.

»Wo wohnen Sie eigentlich?« fragte Rudi Struve.

»Im Hotel Beringer.«

»Nicht möglich«, sagte er. »Ich meinte allerdings, wo Sie in Berlin wohnen.«

»Ach so. Am Kaiserdamm.«

»Sowas gibt es?« erklärte er.

»Jawohl.«

»Ich wohne nämlich in der Holtzendorffstraße. Da haben wir's gar nicht weit zueinander.«

Papa Külz stand trüben Sinns in einer Telefonzelle und wartete mürrisch auf den Anschluß mit Berlin.

In regelmäßigen Abständen rief er: »Hallo, hallo!« Am liebsten hätte er wieder angehängt. Den Krach, der ihn erwartete, konnte er getrost bis morgen aufheben. Er war schon halb entschlossen, den Hörer auf die Gabel zurückzulegen.

Da gab es einen Knacks. Und in Berlin rief jemand: »Hallo? Hier Fleischerei Külz, Yorckstraße!«

»Bist du's Emilie?« fragte er.

Er erhielt keine Antwort.

»Hier ist Oskar«, sagte er. »Ich wollte euch bloß mitteilen, daß ich morgen nach Hause komme. Damit ihr euch nicht unnötig sorgt.«

Wieder keine Antwort.

»Ich war ein paar Tage in Dänemark. Und jetzt bin ich in Warnemünde. Na, das erzähl ich euch alles später.«

Noch immer keine Antwort.

»Das ist die Ruhe vor dem Sturm«, dachte er und suchte neuen Gesprächsstoff. »Wie geht das Geschäft? Und was macht Fritzchens Keuchhusten?« Was konnte er nur noch fragen? Ihm fiel nichts mehr ein. »Hallo, Emilie! Hast du die Sprache verloren?«

»Oskar«, sagte da seine Frau mit zitternder Stimme, »Oskar, wie konntest du uns das antun?«

Er traute seinen Ohren nicht. Sie weinte! Auf alles andere war er gefaßt gewesen. Wenn es möglich gewesen wäre, Töpfe und Teller telefonisch zu übermitteln, hätte er eher erwartet, daß ihm Geschirr an den Kopf fliegen würde! Statt dessen weinte seine Emilie? »Aber, aber«, sagte er. Und: »Na, na, du altes Gemäuer.«

Sie schluchzte hartnäckig weiter.

»Nun laß schon die Heulerei!« brummte er. Er war selber ganz gerührt. So eine Überraschung! Er hatte gar nicht gewußt, daß seine Frau weinen konnte. Obwohl sie seit fünfunddreißig Jahren verheiratet waren.

Frau Külz schluchzte, als wolle sie all die versäumten Gelegenheiten nachholen.

»Laß gut sein«, tröstete er. »Morgen bin ich ja wieder zu Hause. Und was soll denn die Kundschaft denken, wenn du verheult hinter der Ladentafel stehst! Halte einen Lappen unters kalte Wasser und lege ihn dir auf die Augen.«

Sie schneuzte sich und setzte zum Sprechen an. Doch dann besann sie sich und weinte weiter.

»Ich glaube, im Laden hat's geklingelt«, behauptete er. »Na, dann leb wohl, Emilie! Also bis morgen. 'n Gruß an die Kinder!« Rasch hängte er den Hörer ein.

Draußen vor der Telefonzelle blieb er stehen und rieb sich nachdenklich das Kinn.

»Vor zwanzig Jahren hätte ich das schon machen sollen«, dachte er. »Nun ist es zu spät. Jetzt hilft kein Heulen mehr.« Dann ging er langsam in die Hotelhalle zurück. Zu dem Tisch, an dem die beiden jungen Leute saßen.

Um die gleiche Zeit ließ sich ein weißbärtiger Herr vor dem Café Flint in Rostock von einem Mann, der dort stand, Feuer geben und sagte: »Storm soll auf der Stelle zwei Mann im Auto nach Warnemünde schicken. Fünf andere müssen hier am Bahnhof alle Züge kontrollieren, die von Warnemünde hereinkommen.«

»Gut, Chef«, antwortete der Mann.

»Und wer die Drei entdeckt, ruft sofort Professor Horn im Hotel Blücher an! Gehe hinauf und laß dich ablösen. Du fährst mit nach Warnemünde.«

»Was ist denn los?«

»Halt's Maul!« erwiderte Professor Horn, zog höflich vor dem andern den Hut und ging über die Straße.

Das zehnte Kapitel
Saalpost in der Tanzdiele

Obwohl es schon gegen Abend war, bestand Irene Trübner auf dem von ihr geplanten Ausflug.

Sie ließen sich mit der Fähre über die Warnow setzen und fuhren dann mit der Straßenbahn, deren Geleise unmittelbar hinter der Meeresküste durch Moor und Heide laufen, bis nach Markgrafenheide, der Endstation.

Von hier aus spazierten sie auf einsamen Wegen durch den Wald. Es war still wie in einer Kirche, wenn kein Gottesdienst ist. Aber droben über den Wipfeln brauste der Wind, der von der See kam.

Es ist merkwürdig. Im Wald denkt man mehr als anderswo an seine Kindheit. Damals erschienen einem die Bäume viel, viel höher als sie waren. Und das Dickicht der Büsche viel, viel undurchdringlicher und unheimlicher als heute. Damals glaubte man noch, daß Rotkäppchen ganz in der Nähe dem bösen Wolf begegnet sein müsse. Und wenn man einem Holzfäller und seiner Frau begegnete, träumte man nachts, man habe die Eltern von Hänsel und Gretel getroffen. Jene Eltern, die ihre beiden Kinder im Walde aussetzten, weil das Einkommen zurückging.

In diesem Alter sieht man im Wald die Wohnstätte von Elfen und Zwergen. Dann folgen Jahre, da gilt er als Umschlagplatz für heimliche Zärtlichkeiten. Und schließlich kommt die Zeit, da erinnert er einen nur noch an die Bretter, die in Schneidemühlen aus seinen Bäumen fabriziert werden, und daran, daß kein Mensch mehr als vier Bretter benötigt, um wohlverwahrt, wenn auch ohne Fenster, die letzte Reise anzutreten.

Und immer werden die Wälder rauschen. Und immer wird der Wind leichtfüßig über die Wipfel laufen. – Oh, es wäre viel wert, wenn man an die Seelenwanderung zu glauben vermöchte. Doch wer hat die Kraft dazu?

Auf einer Wiese dicht am Rande der Heide setzte sich Irene Trübner ins grüne Gras. Dann legte sie sich sogar um und starrte durch das Gitterwerk der Halme und Blättchen hinauf in den blauen Himmel. Die beiden Männer hockten sich notgedrungen auf den Rasen und saßen dort, als seien sie bei Chinesen zu Besuch.

Die Grillen stimmten ihre Mandolinen. Die Heuhüpfer übten Weitsprung. Und ein leichtgläubiger Zitronenfalter – oder war er nur kurzsichtig? – setzte sich auf die Stoffblume, die an Fräulein Trübners Hut festgenäht war. Es dauerte Minuten, bis er den Betrug merkte und enttäuscht und ohne Honig davonflatterte.

Rudi Struve sagte: »Man sollte hierbleiben. Wir könnten uns drei Hütten bauen. Was halten Sie davon? Herr Külz würde aus wilden Kaninchen Kalbsleberwurst machen und Wiener Schnitzel. Fräulein Trübner könnte Blaubeeren pflücken und Lindenblütentee kochen. Und aus Bucheckern, hab ich gehört, kann man sogar Brötchen backen.«

»Und Sie«, fragte Irene Trübner, »wollen Sie denn gar nichts tun?«

»Ich brächte Aale und Flundern heim.«

»Können Sie denn angeln?« fragte Külz.

»Nein. Ich führe jeden Tag mit der Straßenbahn nach Warnemünde und kaufte die Fische in der Räucherei.«

Sie lachten und waren lustig.

Bis sie merkten, daß sie in einem Ameisenhaufen saßen.

Als sie in Warnemünde anlangten, war es dunkel. Sie gingen noch auf die Mole hinaus und lehnten lange an der steinernen Brüstung, die Land und Meer streng voneinander scheidet.

Es ist schade, daß dieses Schauspiel allen Menschen zugänglich ist. Manche sind seiner nicht wert.

Als die Drei auf dem Rückweg am Leuchtturm vorbeikamen, begegneten sie einem Mann, der Herrn Struve bekannt vorkam. Er wußte nicht recht, wo er den Kerl hintun sollte, und sagte seinen Begleitern nichts davon.

Vor einer Tanzdiele blieb Fräulein Trübner stehen und studierte die Schilder, die im Vorgarten angebracht waren. Auf diesen Schildern wurde den Kurgästen mitgeteilt, daß am Abend ein Kostümball stattfände. Übrigens unter dem Motto: »Eine Nacht in St. Pauli«. Kostüme, so hieß es, seien zwar erwünscht, aber keineswegs unerläßliche Bedingung.

»Zu diesem Ball gehen wir!« entschied Fräulein Trübner.

»Lieber nicht«, riet Papa Külz. »Ich glaube, wir sollten uns bis morgen möglichst unsichtbar machen.«

Rudi Struve pflichtete ihm bei. »Tanzen können wir auch in Berlin«, meinte er.

Fräulein Trübner widersprach aufs lebhafteste und nannte die beiden Männer Spaßverderber.

»Sie sind ein kleines Kind«, sagte Külz. »Wir werden gemütlich Abendbrot essen, einen Schoppen trinken und in die Klappe gehen. Morgen früh müssen wir zeitig aufstehen.«

Es war nichts zu wollen. Sie drohte schließlich, sie werde mutterseelenallein gehen. Ihre Schuld sei es nicht.

»Schrecklich, schrecklich!« sagte Külz. »Es kommt nämlich dazu, daß ich, sobald ich Musik höre, einschlafe. Besonders nach dem Abendbrot. Ich habe mein Leben lang früh um fünf aufstehen müssen. Außerdem bin ich unmusikalisch wie ein Nilpferd.«

Aber was blieb den Männern übrig? Sie gaben selbstverständlich nach.

Als sie im Hotel Beringer angekommen waren, trennten sie sich für kurze Zeit. Dann aßen sie auf der Veranda gemeinsam zu Abend.

»Wir haben ganz vergessen«, meinte Rudi Struve, »uns nach dem Ergebnis des Telefongesprächs zu erkundigen, das Sie mit Ihrer Gattin geführt haben.«

Papa Külz wußte zunächst gar nicht, von wem die Rede war. »Ach so!« rief er endlich. »Sobald jemand von meiner Emilie sagt, sie sei meine Gattin, wird sie mir ganz fremd. Warum sagen Sie denn nicht gleich ›Gemahlin‹? Emilie ist meine Frau! Alles andre ist übertrieben.«

»Hat sie sehr geschimpft?« fragte Fräulein Trübner. »War es sehr arg?«

»Das ist es ja«, meinte Külz. »Ich kann's noch immer nicht glauben. Emilie hat überhaupt nicht geschimpft. Das erste Mal seit unsrer Hochzeit!«

»Was hat sie denn getan?«

Papa Külz wurde verlegen und trank einen Schluck, ehe er sich näher ausließ. »Geweint hat sie!« sagte er dann. »Sie hat das erste Mal geweint.«

»Vor Freude?« fragte Struve.

Der alte Mann nickte. »Unheimlich, nicht? Ich war zu Tode erschrocken. Aber sie hat tatsächlich geweint. Wie 'n Kind. Sie brachte kein Wort heraus.«

»Da haben wir's!« erklärte Herr Struve. »Wenn Sie vor zwanzig Jahren zum ersten Male davongelaufen wären, hätte Ihre Gattin – Entschuldigung! – Ihre Frau schon damals vor Freude geweint.«

»Genau dasselbe habe ich mir gedacht, als ich den Hörer wieder hingehängt hatte«, entgegnete Külz. »Das ganze Leben wäre anders geworden.«

»Schöner«, meinte der junge Mann.

Der Fleischermeister trank wieder einen Schluck und sagte hierauf: »Behüt dich Gott, es hat nicht sollen sein. Na, es war ja auch so, wie's war, ganz ulkig!«

Der junge Mann blieb beim Thema. »Immerhin!« wandte er ein. »Man muß den Fall exemplarisch betrachten. Man muß eine Nutzanwendung daraus ziehen.«

»Zum Beispiel?« fragte Irene Trübner gespannt.

»Wenn ich jemals heiraten sollte«, sagte Rudi Struve, »dann werde ich, sobald meine Gattin – Entschuldigung! – meine Frau Streit sucht, nach Kopenhagen fahren.«

Die junge Dame erhob sich. »Ich scheine im Augenblick überflüssig zu sein. Derartigen Lebensweisheiten bin ich nicht gewachsen. – In fünf Minuten hole ich die Herren ab. Zum Ball!« Sie verneigte sich und ging auf ihr Zimmer.

Die zwei Männer hoben die Gläser hoch und zwinkerten einander lustig zu.

»Solche Gespräche können die Frauen nicht vertragen«, meinte Külz. »Aber ganz im Ernst, mein Lieber: Wenn Sie verheiratet sein werden, dann fahren Sie ja nach Kopenhagen, ehe es zu spät ist!«

»Muß es unbedingt Kopenhagen sein?«

»Bewahre! Meintwegen an den Nordpol! Die Frauen merken erst, was sie an uns haben, wenn wir nicht zu Hause sind.«

»Soviel über die Geographie der Ehe«, sagte der junge Mann. »Darf ich Sie auffordern, unseren nur allzu begreiflichen Kummer mit Beaujolais zu begießen?«

»Sie dürfen«, erwiderte Oskar Külz. »Prost, junger Mann!«

»Prost, alter Herr!« rief Struve. »Wenn die Frauen nicht wären, gäb's für uns keine Aufregungen. Und was wäre ein Leben ohne Aufregungen!«

Über die Chaussee, die von Rostock nach Warnemünde führt, raste eine Kette von Autos. Es waren sechs Rostocker Taxen. Im ersten Wagen, der mit seinen Scheinwerfern die nächtliche Straße ableuchtete, saß ein einzelner Fahrgast. Weißbärtig und mit dunkler Brille. Er öffnete das Schiebefenster, das ihn vom Chauffeur trennte. »Schneller!« kommandierte er. »Soviel Zeit wie Sie hat nicht jeder.«

»Wenn wir gegen einen Baum fahren, sind wir auch nicht rascher in Warnemünde«, bemerkte der Chauffeur.

»Schneller!« befahl der Herr. »Ohne Widerrede! Ich ersetze Ihnen den Baum.« Er blickte durch die kleine Scheibe in der Wagenrückwand. Die fünf anderen Autos fuhren im Gänsemarsch hinter ihm her.

Im zweiten Wagen saßen die Herren Storm, Achtel und Karsten. Und ein Vierter, der wie ein Ringkämpfer aussah. Groß und bullig. Mit einem Nacken wie ein Baumstumpf. Sie rauchten und unterhielten sich leise.

»Eine gräßliche Angewohnheit vom Chef!« stellte Philipp Achtel fest. »Wenn man mich schon durch die Nacht sprengt, will ich wenigstens wissen, warum und wozu!«

Karsten sagte: »Er wird schon seine Gründe haben. Zum Spaß schmeißt er das Programm nicht um.«

Der Ringkämpfer nickte schwerfällig. »Ich habe das Gefühl, als sollte es heute nacht noch eine kleine Keilerei geben.«

»Meinetwegen«, knurrte Herr Achtel. »Aber ich bin ein denkender Mensch und verlange, die Zusammenhänge zu kennen! Man ist ja schließlich kein Polizist!«

»Ganz im Gegenteil!« Storm lachte.

»Weshalb ich wen transportunfähig mache, ist mir egal«, erklärte der Ringkämpfer. »Hauptsache, daß ich mein Honorar kriege.«

»Prolet!« sagte Herr Achtel.

»Nun laß ja nicht deinen Vogel raus!« rief Karsten. »Der Chef weiß, was er will. Ob er dir's nun auf die Nase bindet oder nicht.«

»Auf so 'ne rote Nase sollte man überhaupt nichts binden«, sagte Storm.

In der Tanzdiele in Warnemünde ging es hoch her. Die Kurgäste waren in allerlei Verkleidungen erschienen. Manche kamen spanisch. Andere als Matrosen. Wieder andere antik. Auch Edelleute aus dem Zeitalter des Rokoko trafen ein.

Über die elektrischen Beleuchtungskörper war buntes Seidenpapier gespannt. Luftschlangen flogen aus den zahlreichen Ecken, Logen und Nischen aufs Parkett. Das Lokal war dem Anschein nach von einem sehr romantischen Architekten erbaut worden. Überall wimmelte es von kleinen Treppen, lauschigen Winkeln und zierlichen Säulen. Man hätte Versteck spielen können.

Die Kapelle war sehr temperamentvoll. Und obwohl Irene Trübner einen Tisch ausgesucht hatte, der vom Orchester weit entfernt lag, kämpfte Fleischermeister Külz, kaum daß er sich gesetzt hatte, schon mit dem Schlaf.

Die jungen Leute saßen lächelnd neben ihm und waren entschlossen, seinen Schlaf zu behüten.

»Ich habe euch gewarnt«, sagte der alte Mann. »Ich weiß nicht, wie's zusammenhängt. Aber wenn ich Musik höre, bin ich erledigt.«

»Ich glaube gar nicht, daß das an mangelndem Musikverständnis liegt«, bemerkte Struve höflich. »Ich bin viel eher der Überzeugung, daß Sie vor lauter Musikalität müde werden!«

»Stimmt!« meinte Külz erfreut. »So ist es! Je lauter die Musikalität ist, um so müder werde ich. – So, und nun schert euch aufs Parkett!«

»Sollen wir Ihnen nicht lieber Gesellschaft leisten?« fragte das junge Mädchen.

»Nein, das sollt ihr nicht. Marsch, fort mit euch!«

Sie standen auf und schlängelten sich, an Tischen vorbei, über Stufen stolpernd und sich in Ecken verirrend, bis zum Parkett. Sie tanzten einen langsamen Walzer miteinander.

Rudi Struve meinte: »Dieses Lokal scheint ein Gotiker des zwanzigsten Jahrhunderts erbaut zu haben.«

»Verstehen Sie etwas von Gotik?« fragte sie.

»Nein. Vom zwanzigsten Jahrhundert verstehe ich aber auch nichts.«

Der langsame Walzer fand kein Ende. Als die Kapelle erstaunlicherweise doch Schluß machte, wurde so lange applaudiert, bis sie einen Tango folgen ließ. Der Mann am Schlagzeug sang hierzu einen Text, der fraglos dadurch entstanden war, daß der Autor ein Dutzend ältere Schlager durcheinandergequirlt hatte.

Irene Trübner sagte: »Es klingt wie Irish Stew.«

»Das muß so sein«, behauptete er. »Das Publikum will die alten Lieder immer wieder hören. Deshalb darf der Schlagerfabrikant nichts wirklich Neues schreiben. Sogar wenn er's könnte.«

Als der Tango zu Ende war, wanderten sie zu dem Tische zurück. Papa Külz schlief. Beim Ausatmen sträubten sich jedesmal seine Schnurrbarthaare. Sie sahen und hörten ihm ein Weilchen zu. Dann meinte Struve: »Wollen wir ihn ins Bettchen bringen?«

In demselben Augenblick riß Külz die Augen auf und musterte erstaunt die vergnügungssüchtige Umgebung.

»Ach so«, sagte er dann. »Ich wußte erst gar nicht, wo ich bin!« Er wollte weitersprechen. Doch plötzlich wurden seine Augen groß und rund wie bei einer Puppe. Er starrte entgeistert auf den Tisch.

Die jungen Leute folgten seinem Blick. Fräulein Trübner wurde weiß wie eine Kalkwand und flüsterte heiser: »Das ist doch nicht möglich.«

Auf dem Tisch lag ein Päckchen!

Es war das gleiche Päckchen, das sie mittags in Kopenhagen Herrn Külz zugesteckt hatte, als sie durch die Bahnsperre gingen! Und es war dasselbe Päckchen, das Herrn Külz auf dem Trajekt »Danmark« von einem falschen Zollbeamten gestohlen worden war!

Der alte Mann griff sich an den Kopf. »Schlafe ich noch?« fragte er.

»Nein«, sagte Rudi Struve. »Aber warum sind Sie denn so aufgeregt?«

Külz beugte sich zu ihm herüber, zeigte auf das unheimliche Päckchen und raunte: »Das ist doch die falsche Miniatur!«

Struve sah Fräulein Trübner an. Sie nickte.

»Und ein Brief liegt daneben«, sagt Külz. Er griff danach.

Der junge Mann rief den Kellner, der an einer Säule lehnte. »War in den letzten Minuten eine fremde Person an unserm Tisch?«

»Mir ist nichts aufgefallen, mein Herr.«

»Oder hat ein Bote etwas abgegeben?«

»Nicht, daß ich wüßte, mein Herr.«

»Es ist gut«, erklärte Struve. »Ich danke.«

Der Kellner zog sich zurück.

Fleischermeister Külz holte die Lesebrille aus dem Jackett und öffnete den Briefumschlag. Als er die Brille aufsetzte und den Briefbogen aus dem Kuvert zog, zitterten ihm die Finger. Er faltete den Bogen auseinander und las, was auf dem Bogen stand.

»WIR SIND ZWAR«, hieß es in dem Schreiben, »AN FRECHHEITEN JEDEN GRADES GEWÖHNT. ABER WAS SIE SICH UNS GEGENÜBER GELEISTET HABEN, IST FRAGLOS DER GIPFEL DER UNVERSCHÄMTHEIT. UND SIE WOLLEN EIN ANSTÄNDIGER MENSCH SEIN? SCHÄMEN SIE SICH!

AUF WIEDERSEHEN!«

Er reichte den Brief den beiden andern.

Rudi Struve mußte, trotz der ernsten Situation, lachen. »Die Gauner sind moralisch entrüstet!« sagte er. »Auch das noch. Es wird immer schöner.«

Irene Trübner saß blaß und schweigsam in ihrer Ecke, preßte die Handtasche eng an sich und blickte mit ängstlich irrenden Augen um sich.

Herr Külz war empört. »Ich soll mich schämen?« fragte er wütend. »Das hat mir in meinem ganzen Leben noch kein Mensch zu sagen gewagt. Und ausgerechnet diese Strolche sind die ersten!« Er dachte nach. Dann meinte er treuherzig: »Außerdem hab ich doch selber geglaubt, es sei die echte!«

»Das können Sie ja Ihren Bekannten aus dem Coupé erzählen, wenn wir ihnen das nächstemal begegnen«, schlug Rudi Struve lächelnd vor. »Unsre Herren Räuber lieben es, Briefe zu schreiben.« Er nickte Papa Külz munter zu. »Mit mir haben sie auch schon korrespondiert.«

»Wann denn?«

»Während ich mir heute mittag auf dem Trajekt Ihr Coupé ein bißchen näher betrachtete, steckten sie mir heimlich ein Sträußchen an den Hut.«

Fräulein Trübner erschrak. »Das war es also!«

»Hat man Sie auch beschimpft?« fragte Oskar Külz.

»Nein, nur gewarnt.«

»Warum haben Sie mir nicht schon im Zug die Wahrheit gesagt?« fragte Irene Trübner.

»Wozu denn?« Er lächelte. »Sie hätten sich doch nur um mich gesorgt. Oder etwa nicht, schöne Prinzessin?«

»Ich will ins Hotel«, erklärte Fräulein Trübner aufgeregt. »Ich will auf der Stelle ins Hotel. Ich bleibe keine Minute länger hier!«

»Das geht leider nicht«, sagte Rudi Struve. »Glauben Sie denn, die Kerle haben uns nur die falsche Miniatur zurückgebracht und sind dann nach Berlin gefahren?«

»Was glauben Sie denn?« fragte Külz.

»Was steht als letzte Bemerkung in dem Brief, den Sie eben erhalten haben?« fragte Struve.

Fleischermeister Külz faltete den Bogen noch einmal auseinander, blickte hinein und las: »Auf Wiedersehen!«

»Eben! Wir können keinen Schritt vor die Tür tun, ohne daß mindestens ein Dutzend starker Männer über uns herfällt.«

»Viel Vergnügen«, sagte Külz. »Und ich habe meinen Stock im Hotel gelassen!« Er beugte sich zu Fräulein Trübner und fragte leise: »Wo ist die echte Miniatur?«

»Ich – ich habe sie bei mir.« Sie biß die Zähne zusammen, um nicht zu weinen.

»Du kriegst die Motten«, erklärte Külz. »Ich komme mir vor wie in einer belagerten Festung.«

»Ein Glück, daß unsre Festung Restaurationsbetrieb hat«, sagte Struve. »Für Essen und Trinken ist fürs erste gesorgt.«

»Wenn ich nur meinen Spazierstock nicht vergessen hätte!« meinte Papa Külz wieder.

»Der Stock würde Ihnen auch nicht helfen«, antwortete Rudi Struve und begann, die Gesichter der übrigen Gäste einer sorgfältigen Prüfung zu unterziehen. »Wenn man wenigstens eine Ahnung hätte, was für einen Plan sich unsre Freunde zurechtgelegt haben!«

Irene Trübner flüsterte: »Mich friert.«

Külz winkte dem Kellner und sagte: »Drei große Kognaks. Aber ein bißchen plötzlich!«

Das elfte Kapitel
Der Kostümball geht zu Ende

Die »Nacht in St. Pauli« nahm ihren Fortgang. Es gehört zu den aufreizendsten Erlebnissen, die man haben kann: die Gleichgültigkeit der Umwelt zu spüren. Und wer hätte sie noch nicht gespürt? Die Kapelle spielte nicht weniger laut und ausgelassen als vorher. An den Tischen, in den Logen und Nischen ging es immer herzlicher zu. Die Luftschlangen bewegten sich, von den Kronleuchtern und Säulenkapitälen herabhängend, wie Gardinen an offenen Fenstern. Die leeren Weinflaschen vermehrten sich wie die Kaninchen. Gäste gingen. Neue Gäste tauchten auf.

»Was schielen Sie denn dauernd nach der Tür?« fragte Külz. »Noch eine Miniatur wird man uns kaum hereinbringen! Wir haben sie ja schon alle beide.«

»Das ist es eben«, entgegnete Rudi Struve.

Der Fleischermeister stöhnte. »Auf einem solchen Pulverfaß habe ich in meinem ganzen Leben noch nicht gesessen. Obwohl ich Kanonier war!« Er winkte dem Kellner. »Ober, noch drei Kognaks!« Zärtlich wie ein besorgter Vater sah er zu Irene Trübner hinüber. »Und unsere Prinzessin sagt gar nichts?«

Sie zuckte zusammen. »Meine Herren! Sie sind durch mich in eine schauderhafte Lage gekommen. Was haben Sie beide eigentlich mit der ganzen Sache zu tun? Wie? Ich bitte Sie, mich auf der Stelle alleinzulassen! Gehen Sie ins Hotel, oder fahren Sie nach Berlin oder nach Kopenhagen! Fahren Sie, wohin Sie wollen! Aber gehen Sie!«

»Und was wird aus Ihnen?« fragte der junge Mann.

»Oh, ich weiß mir schon zu helfen«, erklärte sie. »Ich schicke einen Kellner oder den Zigarettenboy zum nächsten Polizisten.«

Rudi Struve zog die Brauen hoch. »Wollen Sie mir verraten, was der nächste Polizist mit zwei Dutzend Verbrechern anfangen soll?«

Sie antwortete nicht.

»Es geht um sechshunderttausend Kronen«, fuhr er fort. »Man hat schon um drei Mark zwanzig Pfennige zwei bis drei erwachsene Menschen totgeschlagen.«

Sie sagte: »Ich kann ja auch das Rostocker Polizeipräsidium anrufen.«

»Natürlich können Sie das«, gab er zu. »Doch einen Zweck wird es kaum haben. Denn wir sind fraglos umstellt, gnädiges Fräulein! Völlig umstellt! Außerdem haben unsere Freunde bestimmt in Rostock an der Ausfallstraße nach Warnemünde einen Posten stehen, der sich mit der Belagerungsarmee telefonisch in Verbindung setzen kann, wenn es nötig werden sollte. Und sobald dieser Posten meldet, daß ein Überfallauto unterwegs ist, drehen uns die Herrschaften die Hälse um. Dann hilft auch kein Polizeipräsidium mehr.«

Papa Külz wurde allmählich ungehalten. »Hören Sie auf!« sagte er. »Sie mögen ja recht haben. Aber was sollen wir denn tun? Bis zu unserer Beerdigung warten? Das liegt mir nicht!«

»Mir auch nicht«, meinte Struve. »Wenn wir nur annähernd wüßten, was die Kerle vorhaben!«

Sie schwiegen längere Zeit und blickten schokkiert auf den Trubel, der sie umgab und nicht das mindeste anging.

Der Kellner brachte die drei Kognaks.

»Na, denn Prost!« knurrte Oskar Külz.

Sie hoben die Gläser.

Rudi Struve setzte sein Glas nieder, ohne getrunken zu haben. Er schaute zur Tür und sagte: »Jetzt wird's ernst! Ich bitte die Ohren steifzuhalten!«

Die beiden anderen folgten seinem Blick. Und Papa Külz verschluckte sich vor Staunen. Denn die Herren Storm und Achtel standen mitten im Lokal! Hinter ihnen drängten etliche Männer durch die Tür, die auch zu der Bande zu gehören schienen.

»Das hätte ich allerdings nicht für möglich gehalten!« erklärte Herr Struve. »Einen offenen Überfall? Mitten im Frieden?« Er bückte sich und holte eine leere Weinflasche unter dem Tisch hervor.

»Haben Sie so ’n Ding übrig?« erkundigte sich Papa Külz. Er war plötzlich wie aus dem Häuschen und strahlte übers ganze Gesicht.

Der junge Mann hielt ihm eine Flasche hin. »Hier!« flüsterte er.

»Mein Stock wäre mir lieber.« Külz schien sehr an diesem vergessenen Stock zu hängen.

Irene Trübner sagte entschlossen: »Geben Sie mir auch so eine Handgranate!«

»Unsinn!« erklärte Külz. »Wenn es hier zum Keulenschwingen kommt, setzen Sie sich geschwind unter den Tisch und halten sich die Ohren zu!«

»Ich denke ja gar nicht daran!«

»Mir zuliebe«, bat Struve. »Ihr zukünftiger Gatte würde es uns nie verzeihen, wenn Sie sich auf dieser Mensur Schmisse holten und ab morgen wie ein Corpsstudent aussähen.«

»Lassen Sie gefälligst meinen zukünftigen Mann aus dem Spiel«, sagte sie gereizt. »Geben Sie lieber auf die Banditen Obacht!«

Storm und Achtel hatten an einem Tisch Platz genommen und blickten sich suchend in dem Lokal um. Als der kleine Herr Storm seinen alten Freund Külz entdeckt hatte, grüßte er herüber und lächelte hocherfreut.

Der alte Fleischermeister bekam einen feuerroten Schädel. »So eine Frechheit war doch noch nicht da!« erklärte er. »Ich werde ihm die Weinflasche um die vermurksten Ohren schlagen, bis er wie eine mit Glassplittern gespickte Mauer aussieht! Und der andre hat mir weisgemacht, er besuche hier Frau und Kinder!«

»Der Mensch lernt nicht aus«, behauptete Rudi Struve. Damit sollte er recht behalten.

Im nächsten Augenblick erlosch nämlich in der Tanzdiele das Licht! Das von mindestens hundertundfünfzig Personen erfüllte Lokal versank in schwarze Nacht. Alle Treppen, Nischen, Winkel und Logen lagen im Dunkel. Es war stockfinster wie in einem Kartoffelkeller.

Die Kapelle brach ihre Tätigkeit mit einem Mißakkord ab. Nur der erste Geiger spielte noch einige Takte weiter. Dann gab auch er es auf. Die Tanzpaare auf dem Parkett und die Gäste an den Tischen lachten laut. Gläser fielen um. In manchen Ecken ging es zärtlich zu. Man konnte, wenn man gute Ohren hatte, Küsse hören.

Die meisten hielten das Ganze für einen aparten Einfall der Direktion. Doch dann schrie jemand: »Hilfe, Hilfe!« Es war eine Frau.

Was sollte das bedeuten? War das noch Spaß? Sie spürten alle: Das war kein Spaß, und nie war es einer gewesen.

Nun schrien zahllose Stimmen gellend durcheinander. Tische und Stühle stürzten krachend um. Holz splitterte. Die Kellner fluchten wie die Kutscher. Sie hatten Angst, ihre Gäste könnten durchbrennen. Ein Spiegel ging in Trümmer. Oder war es eine Glastür? Oder ein Fenster? Man sah nichts und ertrank in Geräuschen. Weinen, Geschrei und hysterisches Gelächter vermengten sich.

»Licht!« brüllten die Leute. »Licht, Licht!«

Das Durcheinander war vollkommen. Frauen wurden umgerissen, klammerten sich an fremde Kleider, an Tischdecken, an fremde Arme und Beine. Über die am Boden Liegenden hinweg suchten andere ins Freie zu entkommen. Aber wo war die Tür?

Ein Kronleuchter zersprang. Es regnete Glas. Die Schreie nach Licht und die Hilferufe wurden immer wilder und klangen immer unheimlicher. Die Hölle war los.

Aber eine Hölle, in der die Teufel und die armen Sünder nichts sehen konnten!

Und dann, nach einer Ewigkeit, wurde es wieder hell.

Wie lange diese Ewigkeit gewährt hatte – ob fünf oder zehn Minuten –, das hätte niemand zu sagen gewußt. Es fragte auch keiner. Sondern alle starrten erschrocken um sich. Schlimmer hätte kein Erdbeben hausen können.

»Wie nach der Sintflut«, konstatierte die Büfettmamsell. Sie hatte sich auf die Ladentafel gerettet, kniete in einer Punschtorte und hatte sich mit den Händen in einem Kirschkuchen festgekrallt.

Die Verwüstungen waren ungeheuer. Die Gäste glichen zerfetzten Zigeunern. Blusen waren aufgerissen. Man sah Jacketts mit einem Ärmel und edle Spanier in Unterhosen. Eine ältliche als Rokokogräfin verkleidete Dame lag unter einem umgekehrten Tisch. Sie hatte Schlagsahne mit Rotwein im Haar und jammerte kläglich. Gäste, über die man hinweggestolpert war, hockten auf dem Parkett und hielten sich die Köpfe. Die Weine und Liköre, die aus Gläsern und Flaschen geflossen waren, bildeten klebrige Pfützen. Der Direktor stieg irrend über die Trümmer und überschlug den Schaden.

Frauen suchten ihre Männer. Zerbeulte Liebhaber suchten ihre Freundinnen. Kellner suchten ihre Gäste. Der erste Geiger lag bewußtlos vor dem Podium. Der Geigenbogen war zerbrochen. Man wurde an Varus im Teutoburger Wald erinnert. Nur daß sich der römische Feldherr in keinen Fiedelbogen, sondern in ein Schwert gestürzt hatte.

Die Geige glich einer zerquetschten Zigarrenkiste. Der Saxophonist saß im Cello und bemühte sich strampelnd herauszukommen.

Ein Kronleuchter, zahlreiche Wandlampen, ein Fenster, eine Glastür und ein großer Spiegel waren zu Bruch gegangen. Wo man hintrat, knirschte Glas.

Der Direktor hatte die ältliche Rokokogräfin von dem auf ihr lastenden Tisch befreit, hob sie auf und wollte sie zu den Waschräumen führen. Bei dieser

Gelegenheit glitt er aus und fiel in eine Sherry-Brandy-Pfütze.

Draußen im Korridor, vor dem Schränkchen mit den elektrischen Sicherungen, saß die Garderobenfrau am Boden und hatte ihren Strickstrumpf mitten im Mund.

Und über all dem Schutt und Tumult, oben in seiner Ecke, stand Fleischermeister Külz aus Berlin, hochaufgerichtet, ein Gott der Rache, und hielt ein einsames Stuhlbein in der mächtigen Faust. »Wer will ins Krankenhaus?« rief er und blickte wild um sich. »Ich mach's gratis!«

Es meldete sich niemand.

Zu seinen Füßen lag ein Mann, dem er in der Dunkelheit, um ihn unschädlich zu machen, den Schlips so eng zusammengezogen hatte, daß der Ärmste widerstandslos umgesunken war. Es war übrigens ein völlig harmloser Gast, ein Spediteur aus Güstrow.

Und über der rotplüschnen Logenbrüstung hing kopfüber ein andrer Mann, der Oberkellner des Lokals. Er war von einer leeren Weinflasche getroffen und leicht beschädigt worden. Er war gerade dabei, wieder zu sich zu kommen. Der Tisch stand noch auf allen Vieren. Doch die Zuckerdose samt dem Würfelzucker, der Aschenbecher samt der Asche und ein Rosenstrauß samt der Vase, das lag alles auf dem blauen Anzug des Spediteurs aus Güstrow.

»Nur keine falsche Scham!« rief der Fleischermeister und schwang das Stuhlbein wie einen Türkensäbel über dem grauen Kopf. »Nicht drängeln. Es kommt ein jeder dran!«

Fräulein Trübner hockte verstört in ihrer Ecke. Ihr kokettes Hütchen war schiefgerutscht. Sie saß wie vom Donner gerührt, hatte die Augen weit aufgerissen und hielt ihre Handtasche fest an die Brust gepreßt.

Papa Külz ließ die Blicke schweifen, nickte dem jungen Mädchen sieghaft zu und sagte: »Sie sind weg, mein liebes Kind.«

»Wer ist weg?« fragte sie.

»Die Verbrecher«, erklärte er stolz. »Außer den beiden Kerls hier, die ich erlegt habe.«

»Der eine ist aber ein Kellner«, wandte sie ein.

Er betrachtete den Mann, der über der Brüstung hing. »Das ist mir aber peinlich.«

Der andere Mann, der am Boden lag, zerrte sich den Schlips locker, hustete und erklärte heiser: »Ich bin Spediteur. Wie kommen Sie dazu, mich zu erwürgen?«

»Sie sind auch kein Räuber?« fragte Külz erschrocken.

»Ein Räuber? Sind Sie duhn?«

»Es tut mir schrecklich leid«, stammelte der Fleischermeister und verbeugte sich. »Gestatten Sie! Külz!«

»Ehmer«, sagte der andere. »Sehr angenehm!« Er

richtete sich mühsam auf und betrachtete voller Verzweiflung den Würfelzucker und die Rosen auf seinem blauen Anzug. Dann stand er auf und humpelte von dannen. Die Rosen nahm er mit.

»Na, da hab ich also doch recht gehabt«, brummte Külz. »Die Verbrecher sind weg!«

Irene Trübner lächelte. Plötzlich löste sie die Arme von der Brust und starrte auf ihre Handtasche. Der Reißverschluß war offen. Sie blickte hinein, hob den Kopf und flüsterte leichenblaß: »Die Miniatur ist weg!«

Oskar Külz fiel das Stuhlbein aus der Hand. Er selber sank in einen Stuhl. Dann sprang er wieder auf, sah um sich und meinte: »Unser junger Freund ist auch weg!«

»Wer?« fragte sie.

»Rudi Struve.«

»Er auch?« Irene Trübner schüttelte den Kopf und blickte verständnislos vor sich hin. »Er auch?«

Als die beiden Wachtmeister vom Polizeirevier eintrafen, wurden sie von den Kurgästen umringt, deren Kleider und Anzüge gelitten hatten. Man forderte in allen Tonarten Schadenersatz.

»Das geht uns nichts an«, erklärten die Schutzleute. »Das müssen Sie dem Wirt melden.«

Die Gäste stürzten oder humpelten zum Büfett, je nachdem. Hinterm Büfett stand der Direktor und kippte einen Schnaps nach dem andern. Er hatte die Nerven verloren und trank hastig eine Flasche leer, die heil geblieben war. Die zwei Wachtmeister wateten durch das Trümmermeer und begaben sich zu der alten Garderobenfrau, von deren Erlebnissen sie telefonisch schon gehört hatten.

Sie saß draußen im Gang und hielt ihren Strickstrumpf in den zitternden Händen.

»Sie haben die Kerle gesehen?« fragte der eine Wachtmeister.

»Jawohl«, sagte sie eifrig. »Zwei waren's. Sie kamen dort durch die Hintertür und machten den kleinen elektrischen Schrank auf. Ich fragte, was das bedeuten solle. Aber sie antworteten überhaupt nicht. Ich wollte nun in die Küche laufen und wen holen. Da hielt mich der eine fest. Der andre nahm mir meinen Strickstrumpf weg. Mir blieb vor Schreck der Mund offenstehen. Und plötzlich hatte ich meinen Strickstrumpf drin. Sie setzten mich auf den Stuhl und drehten ihn so, daß ich nicht sehen konnte, was sie anstellten. Na ja, und kurz darauf wurde es stockfinster.«

»Und als es wieder hell wurde?«

»Da waren die zwei Kerle natürlich weg«, erklärte die alte Frau. »Und ich saß da und hatte Halsschmerzen.«

»Weiter wissen Sie nichts?«

»Das ist alles. Und beim Schlucken habe ich Stiche.«

»Schlucken Sie möglichst wenig!« riet einer der Wachtmeister.

Der andere fragte: »Paul, verstehst du das? Ich nicht!«

»Ich auch nicht«, entgegnete Paul. »Zwei Männer kommen, machen dunkel und hauen wieder ab! Und hinterher sieht das Lokal wie ein Trödelladen aus.«

»Vielleicht waren es Leute von der Konkurrenz«, meinte die Garderobenfrau.

Die Wachtmeister grinsten. Sie wußten zwar auch nichts. Aber besser wußten sie's!

Nun tauchte im Türrahmen ein großer alter Mann auf. Er führte eine bildhübsche junge Dame, die sich nicht besonders wohl zu fühlen schien. Der Mann sagte: »Wir müssen Sie dringend sprechen. Gestatten Sie, Külz!«

»Schadenersatzansprüche sind beim Lokalinhaber geltend zu machen«, versetzte der eine Wachtmeister.

Herr Külz lachte bitter. »Wenn der Wirt sechsmalhunderttausend dänische Kronen übrig hat, können wir's ja versuchen!«

»Wieso sechshunderttausend Kronen?« fragte der Schutzmann, der auf den Vornamen Paul hörte. »Ist denn etwas gestohlen worden?«

»Sie sind gut«, sagte Külz. »Dachten Sie, hier geht das elektrische Licht zum bloßen Vergnügen aus? Der Dame ist eine Miniatur gestohlen worden. Von ... Von ...«

»Von Holbein!« ergänzte Irene Trübner.

»Vornamen?« fragte der eine Wachtmeister.

»Hans«, meinte die junge Dame.

»Aha!« rief der andere Wachtmeister. »Das ist wenigstens etwas! Hans Holbein heißt er!«

»Von wem reden Sie denn?« fragte Külz.

»Na, von dem Dieb, dem Hans Holbein!«

»Menschenskind!« rief Külz. »Holbein ist doch der Maler!« Er reckte sich stolz. Wissen ist Macht. »Der Dieb ist wer ganz anderes. Der Dieb, das sind zirka zwei Dutzend Diebe! Seit Kopenhagen sind sie hinter uns her. Auf dem Trajekt haben sie mir die Kopie der Miniatur geklaut. Das war eine glänzende Idee von Fräulein Trübner. Vorhin haben sie mir aber die Kopie wieder zurückgebracht. Sie lag plötzlich auf dem Tisch. Mit einem Brief. Und dann wurde es finster. Als es wieder hell wurde, war aus Fräulein Trübners Handtasche die echte Miniatur verschwunden! Die Miniatur war weg. Die Diebe waren weg. Und ein guter Freund von uns war auch weg. Wahrscheinlich haben sie ihn mitgeschleppt. Schade. Es war ein sehr netter junger Mann. Aus Berlin. Rudi Struve heißt er.«

Fräulein Trübner sagte: »Hoffentlich ist ihm nichts Ernstliches zugestoßen!« Sie schwieg eine Weile. Dann raffte sie sich auf. »Ich muß sofort mit Brüssel telefonieren. Mein Chef ist in Brüssel. Ich muß ihm den Diebstahl mitteilen.«

Die zwei Wachtmeister blieben lange Zeit stumm.

»Reden Sie nicht so viel«, bat Külz. »Immer hübsch einer nach dem andern!«

»Wollen Sie uns zum Revier begleiten?« sagte der eine Polizist. »Weit kann die Bande noch nicht sein. Wir müssen sofort die umliegenden Reviere benachrichtigen. Und das Rostocker Präsidium.«

Der andere Wachtmeister öffnete die Tür. »Darf ich bitten?«

»Noch einen Moment!« bat Oskar Külz. »Ich muß Ihnen ordnungshalber mitteilen, daß ich den Oberkellner und einen Spediteur namens Ehmer im Dunkeln etwas hart angefaßt habe. Ich dachte, es wären Diebe.« Er war niedergeschlagen. »Ich mache aber auch alles verkehrt!«

»Das ist zur Zeit nicht so wichtig«, behauptete der eine Wachtmeister.

Sein Kollege an der Tür wiederholte: »Darf ich bitten?«

Da kam ein Kellner aus dem Saal herausgestolpert.

»Aha«, brummte Külz. »Wir haben noch nicht gezahlt.«

Irene Trübner holte eine Banknote aus der Handtasche und gab den Geldschein dem Kellner. »Es stimmt«, fügte sie hinzu.

Der Kellner verbeugte sich tief. »Es war nicht deswegen«, erklärte er. »Die Herrschaften haben etwas auf dem Tisch liegenlassen.« Er hielt ein Päckchen und einen Brief in der Hand.

Külz griff hastig zu. »Die falsche Miniatur!« rief er. »Und der Brief, in dem mich die Kerle so beschimpft haben. Geben Sie das Zeug her!« Er steckte beides ein und erklärte: »Nächstens vergesse ich noch den Kopp!« Er wandte sich an die zwei Wachtmeister: »Das macht die Verkalkung, meine Herren.«

Irene Trübner flüsterte: »Bitte, kommen Sie, Papa Külz! Wir haben's eilig!«

Das zwölfte Kapitel
Vater Lieblichs Grogkeller

Die sechs Autotaxen sausten wieder über die nächtliche Chaussee. Sie fuhren nach Rostock zurück.

Im letzten Wagen saß der weißbärtige Herr. Er hatte die dunkle Brille abgenommen. Auf die Dauer behindern schwarze Brillengläser die Sicht. Ganz besonders bei Menschen mit kerngesunden Augen.

Professor Horn blickte angespannt durch das kleine Fenster in der Wagenrückwand. Genau genommen blickte er nicht durch das Fenster, sondern durch das Loch, das dadurch entstanden war, daß er das Fenster herausgeschnitten hatte. Ein Mensch, der eine Schußwaffe in der Hand hält und damit rechnet, daß sich Motorfahrzeuge nähern könnten, in denen Polizisten sitzen, kann zwar eine Schießscharte gebrauchen. Aber kein Fensterglas davor.

Professor Horn hatte die Absicht, in die Reifen solcher Autos, die ihm mißfielen, Löcher hineinzuschießen. Das ist eine verhältnismäßig humane und trotzdem recht wirksame Methode, Leute, die es eilig haben, am schnellen Vorwärtskommen zu hindern.

Im ersten der sechs Taxis saßen die Herren

Storm, Achtel und Karsten. Und der Mann, der auf der Fahrt nach Warnemünde einem Ringkämpfer geähnelt hatte. Er hatte sich inzwischen verändert. Nicht zu seinem Vorteil. Auf der niedrigen Stirn hatte er mehrere Beulen. Und die Nase saß ihm schräg im Gesicht und war verschwollen. Man hätte denken können, er sei in eine Dreschmaschine geraten.

»Du mußt dir morgen unbedingt einen neuen Hut kaufen«, sagte der kleine Herr Storm. »Dein Kopf ist mindestens um zwei Nummern größer geworden.«

»Ein Blödsinn, im Finstern klauen zu wollen«, knurrte der deformierte Ringkämpfer. »Nun weiß ich nicht einmal, wem ich die Verzierungen zu verdanken habe. Ich hätte mich gern revanchiert.«

»Man soll nicht so kleinlich sein«, fand Herr Philipp Achtel. »Ich meinerseits bin heilfroh, daß der Überfall im Dunkeln stattfand.«

»Wieso?«

»Ach, mir hing plötzlich ein Weibsbild um den Hals, das gut zwei Zentner mit Knochen wog. Sie klammerte sich an mich, schrie um Hilfe und wollte gerettet werden. Ausgerechnet von mir! Ein Glück, daß wir bald bei Vater Lieblich sind. Ich kann einen Grog gebrauchen.«

Der Ringkämpfer wurde neugierig. »Wieso hast du denn im Dunkeln gemerkt, daß es eine Frau war?«

»Am Vornamen«, erklärte Achtel zynisch.

Fräulein Trübner und Herr Fleischermeister Külz waren auf dem Revier in Warnemünde zu ihren Personalien vernommen worden. Sie hatten ihre Reisepässe vorgelegt und den Namen des jungen Mannes mitgeteilt, der spurlos aus der Tanzdiele verschwunden war. Er wohne in Charlottenburg in der Holtzendorffstraße, hatte das Fräulein hinzugefügt.

»Die Bande hat Herrn Struve wahrscheinlich mitgeschleppt«, sagte der Inspektor. »Er wird sich zur Wehr gesetzt haben. Er wird hinter ihnen hergelaufen sein, um sie aufzuhalten. Und dann hat man ihn überwältigt.«

»Schrecklich!« rief Külz. »Der arme Junge! Wer weiß, wie und wo wir ihn wiederfinden. Hoffentlich hat er keine Angehörigen.«

Irene Trübner versank in Melancholie und versuchte, aus ihren Handschuhen einen Strick zu drehen.

Es wäre ihr fast gelungen. Sie wurde aber in ihrer Arbeit unterbrochen. Brüssel meldete sich. Die junge Dame eilte ins Nebenzimmer. Zum Telefon. »Der Chef wird staunen«, dachte sie. »Hoffentlich kündigt er mir erst per 1. Januar.«

Inzwischen verbreitete sich Herr Oskar Külz über Herrn Storm und die übrigen Insassen des Coupés dritter Klasse, in dem er gereist war. Er wies darauf hin, daß Rudi Struve es gewesen sei, der ihn mit Hilfe eines Märchens auf die Gemeingefährlichkeit der Fahrgäste aufmerksam gemacht hätte.

Dann berichtete Külz von seinen seltsamen Erlebnissen in Kopenhagen, vom »Vierblättrigen Hufeisen«, von der Pension Curtius und von dem weißbärtigen Herrn mit der dunklen Brille. Er holte das Zusammentreffen mit Storm im Hotel d'Angleterre und vor dem Antiquitätengeschäft in der Bredgade nach. Und schließlich versuchte er sich darin, die Physiognomien Storms, Achtels, Horns und der übrigen anschaulich zu beschreiben. Nun, das ist schon ganz andren Leuten als einem Mann wie Oskar Külz mißlungen.

Der Inspektor stellte knappe Zwischenfragen. Ein Polizist protokollierte die Angaben, die der Zeuge Külz machte.

Als dem Zeugen nichts mehr einfiel, erhob sich der Inspektor. »Ich gebe das Protokoll sofort nach Rostock durch«, sagte er. »Von dort aus wird man dann die notwendigen Schritte einleiten. Ich selber lasse die hiesige Zollstation und die Bahnpolizei informieren. Sonst kutschiert die Bande womöglich nach Kopenhagen zurück. Entschuldigen Sie!«

»Bitte, bitte!« antwortete der Zeuge. »Nun zeigen Sie, was Sie können! Ich möchte gern einmal sehen, wozu ich soviel Steuern zahle.«

An der Tür begegnete der Inspektor Fräulein

Trübner. Sie sagte: »Herr Steinhövel setzt zehntausend Mark Belohnung für die Herbeischaffung der Miniatur aus. Und morgen nachmittag trifft er in Berlin ein.«

Der Inspektor war außer sich. »Zehntausend Mark Belohnung? Das hat uns noch gefehlt! Nun werden uns ab morgen alle Leute, die zuviel Zeit und zu wenig Geld haben, die Bude einrennen und mit wichtigen Nachrichten eindecken!« Er entfernte sich ärgerlich.

»Na, Kindchen?« meinte Külz. »Hat Sie Ihr Chef hinausgefeuert?«

»Nein. Aber er will die Miniatur wiederhaben! Um das Geld ist's ihm nicht zu tun. Die Holbein-Miniatur ist mit fünfhunderttausend Mark versichert.«

»Was es so alles gibt«, rief Herr Külz aus. »Wenn ich Ihr Chef wäre, bisse ich mich vor Freude, daß der Holbein geklaut worden ist, in den Daumen und nähme die fünfhunderttausend Mark von der Versicherung! Ich würde der Bande sogar einen Brief schreiben, sie solle die Miniatur um des Himmels willen nicht zurückbringen!«

»Mein Chef liebt die Kunst, nicht das Geld.«

»Sowas ist krankhaft«, stellte der Fleischermeister fest. »Absolut krankhaft. Hoffentlich wird es nicht schlimmer.«

Eine Viertelstunde später brachte der Polizei-Inspektor seine zwei Zeugen zum Hotel Beringer zurück und bat sie, sich am nächsten Morgen gegen sechs Uhr bereitzuhalten. Er hole sie dann im Wagen ab und begleite sie nach Rostock. Die dortigen Instanzen hätten noch einige Fragen zu stellen.

Er verabschiedete sich.

»Nun können wir ruhig schlafen«, meinte Külz, als er mit Irene Trübner die Hoteltreppe hinaufstieg. »Was weg ist, brummt nicht mehr.« Er reichte ihr die Hand. »Gute Nacht, mein Kind. Morgen früh fahren wir zum ersten Mal in der Grünen Minna. Hoffentlich träume ich nicht davon.«

»Gute Nacht, Papa Külz«, sagte sie müde. »Schlafen Sie gut!« Dann schloß sie die Zimmertür auf.

»Halt!« rief er und faßte in die Jackettasche. »Wollen Sie nicht Ihren falschen Holbein wiederhaben?« Er hielt ihr das Päckchen hin.

»Nein«, sagte sie. »Wenn der echte weg ist, brauche ich auch den falschen nicht. Wert ist er sowieso nicht viel. Wollen Sie ihn zur Erinnerung an Ihr dänisches Abenteuer behalten? Mein Chef hat bestimmt nichts dagegen. Er sammelt keine Kopien.«

»Wie Sie wollen«, meinte Külz. »Schönen Dank auch. Ich werde das Dings in unsrer Ladenstube über das Sofa hängen. Da ist noch für was Kleines Platz.« Er gähnte und nickte ihr zu. »Das war ein

Tag! Meine Herren! Und wo mag jetzt unser Rudi sein? Er fehlt mir geradezu.«

»Gute Nacht, Papa Külz«, flüsterte sie und trat schnell in ihr Zimmer.

Das Netz, in dem man heute Diebe fängt, ist aus Draht geflochten und heißt: das Telephonnetz. Die Drähte, die sich an hohen Masten durchs Land ziehen, summten. Die Meldung von dem Raub der Holbein-Miniatur und die Tatsache der hohen Belohnung verbreiteten sich mit Windeseile nach allen Richtungen. In den Zeitungsgebäuden wurden die Rotationsmaschinen angehalten. Die Nachtredakteure dichteten zweispaltige Überschriften und ließen die Neuigkeit nachschieben.

Lieblichs Grogkeller liegt in einer jener Rostocker Straßen, die steil bergab zum Hafen hinunterführen.

Da es bedauerlicherweise überall Menschen gibt, deren Lebensführung daran schuld ist, daß die Strafgesetzbücher nicht abgeschafft werden können, gibt es auch in jeder Stadt Lokale, in denen sich dunkle Existenzen treffen, um ihre beruflichen Erfahrungen auszutauschen und hierbei dem Alkoholgenuß zu frönen.

Professor Horn traf als erster bei Vater Lieblich ein und ließ sich sofort in das Hinterzimmer führen, an dessen Tür ein Schild angebracht war. »Kleines Vereinszimmer« stand auf dem Schild.

Vater Lieblich schien den weißbärtigen Gast zu kennen, barst vor Neugierde und erstarb in Hochachtung.

»Raus!« befahl Professor Horn. »Meine Leute werden gleich kommen. Wir wünschen ungestört zu bleiben.«

Vater Lieblich zog sich devot zurück.

Der Professor nahm Platz.

Nach und nach, in kleinen Gruppen, erschienen die anderen Mitglieder des »Vereins«. Sie setzten sich an die im Zimmer verstreuten Tische. Vater Lieblich bediente persönlich. Sie rauchten und tranken.

»Wir sind komplett«, sagte plötzlich der kleine Herr Storm. »Nur die zwei, die du im Seebad Warnemünde zurückgelassen hast, fehlen.«

»Es ist gut.« Professor Horn winkte dem Wirt.

Vater Lieblich trollte sich.

Der Chef sah sich im Zimmer um. »Ich nehme an, daß die Polizei bereits im Bilde ist. Wir haben keine Zeit zu verlieren. Ich fahre rasch ins Hotel Blücher, hole meinen Handkoffer, zahle und gebe an, ich reise nach Hamburg. Anschließend komme ich wieder hierher und nehme mir den Bart ab. Ihr andern verkrümelt euch möglichst rasch. Storm und Achtel können das arrangieren. Hauptsache ist, daß ihr getrennt marschiert. Am Dienstag sind alle in Berlin! Ich werde als englischer Tourist einige norddeutsche

Städte aufsuchen. Das wird im Interesse Holbeins des Jüngeren notwendig sein.«

Die anderen schmunzelten.

»Vielleicht schlage ich auch einen Haken«, erklärte der Chef. »Es kann nötig werden, daß ich vom Süden aus in Berlin ankomme. Man wird ja sehen. Auf alle Fälle treffen wir uns am Dienstag in Berlin. Geld habt ihr ja genug bis dahin.«

»Ich weiß nicht recht«, meinte Storm.

»Aber ich weiß es«, antwortete Professor Horn. »Hat noch jemand eine Frage?«

Die anderen schwiegen.

»Gut«, sagte er. »Nun gebt mir das Päckchen, und haut ab!« Er erhob sich und blieb abwartend stehen.

Niemand rührte sich.

»Los, los! Her mit der Miniatur!«

Die Männer blickten einander schweigend an. Jeder wartete, daß der andere ein Päckchen aus der Tasche ziehen werde. Sie warteten vergeblich. Professor Horn stampfte mit dem Fuß auf. »Wer hat die Miniatur?«

»Ich hab sie nicht«, sagte Philipp Achtel. »Ich dachte, Klopfer hätte sie. Er war dem Tisch am nächsten, als das Licht ausging.«

»Ich habe sie nicht«, entgegnete der Mann, der Klopfer hieß. »Als das Licht ausging, dachte eine Frau, ich sei ihr Mann. Sie hielt mich fest und nannte mich in einem fort ›Arthur‹. Als ich endlich an die Handtasche rankonnte, war sie leer. Da dachte ich, Pietsch hätte die Miniatur.«

Pietsch war der Kerl, der wie ein Ringkämpfer aussah. Er schüttelte den demolierten Schädel. »Ich habe sie auch nicht. Ich griff nach der Tasche. Doch ehe ich sie erwischt hatte, funkte mir jemand mit einem harten Gegenstand auf dem Kopf herum, daß ich, zirka nach dem vierten Schlag, umfiel. Ich dachte, Kern hätte sie.«

»Nein, ich habe sie auch nicht«, meinte der.

»Macht mich nicht verrückt!« rief der Chef. »Zwölf Leute von uns waren in dem Lokal. Zehn standen draußen. Es war alles bis ins letzte vorbereitet. Und jetzt will keiner die Miniatur haben! Wer hat sie?«

Die Männer blieben stumm. Das Schweigen wirkte beängstigend.

»Wer hat sie?« wiederholte der Chef. Er winkte Storm und Achtel. »Durchsuchen!«

Während Storm und Achtel sämtliche Taschen ihrer Vereinsbrüder umdrehten, prüfte Professor Horn seinen Revolver. Er tat es mit der Gründlichkeit des Fachmannes. Dann nickte er versonnen. Die Diagnose schien befriedigend verlaufen zu sein. Er sah auf.

Die Herren Storm und Achtel hatten ihre Tätigkeit beendet. Sie blickten ihren Chef verständnislos an und zuckten die Achseln.

»Nichts zu finden«, sagte der kleine Storm.

»Nichts«, bestätigte Philipp Achtel. Sein Gesicht, mit Ausnahme der Nase, war sehr blaß geworden.

»Die Miniatur ist zweifellos aus der Handtasche geraubt worden!« sagte Storm. »Aber nicht von uns!«

»Die Polizei wird uns verfolgen«, meinte Herr Achtel. »Aber wir sind leider unschuldig!«

Professor Horn hielt sich an einem seiner Jakkettknöpfe fest. Oder hatte er Herzschmerzen? Endlich sagte er: »Ich fahre ins Hotel Blücher und telefoniere mit Warnemünde.«

»Und wir?« fragte Storm.

»Alles hierbleiben!« knurrte der Chef. »Nur Karsten kommt mit!« Er knallte die Tür zu.

Karsten folgte ihm hastig.

Das dreizehnte Kapitel
Ein Kommissar hat eine Theorie

Professor Horn lief wie ein Tiger im Hotelzimmer auf und ab.

Karsten brachte die Toilettengegenstände aus dem Baderaum herein und packte den Koffer. »Beruhige dich doch endlich, Chef!« bat er. »Eine Million haben wir ja schon intus. Leupold ist seit gestern in Holland. Van Tondern hat die Bilder übernommen. Die Spur ist verwischt.«

»Ich muß wissen, wie der Holbein verschwunden ist! Ich muß es wissen!«

»Vielleicht ist er gar nicht verschwunden«, meinte Karsten. »Wenn dieses Fräulein Trübner ihn nun gar nicht mehr in der Handtasche hatte?«

»Rede kein Blech! Sie hatte ihn natürlich in der Tasche! Als sie zum Parkett hinunterging, um zu tanzen, nahm sie die Tasche mit. Ein solches Mädchen nimmt eine so große Handtasche nicht mit aufs Parkett, wenn kein wichtiger Grund vorliegt! Wo noch dazu dieser Bernhardiner von einem Fleischermeister am Tisch blieb! Ausgeschlossen!«

Karsten schloß den Handkoffer ab. »Und wie erklärst du dir, daß die Tasche, als unsere Leute hineinlangten, leer war?«

»Wenn ich mir das erklären könnte, wäre ich nicht so wütend!«

Das Telefon klingelte. Der Professor nahm den Hörer herunter. »Hier Professor Horn! – Aha! Lebt ihr noch? Ich dachte schon, ihr machtet eine Mondscheinfahrt in See!« Er schwieg und lauschte den Mitteilungen, die ihm gemacht wurden. Plötzlich wurde sein Gesicht unnatürlich lang. Er fragte hastig und heiser: »Wißt ihr das bestimmt?« Er hörte wieder zu.

Dann sagte er: »Du kommst auf dem schnellsten Wege nach Rostock und bleibst die nächsten Tage im Grogkeller. Und rührst dich nicht vom Telefon weg! Verstanden? Leichsenring bleibt dem Mädchen auf den Hacken. Was? Jawohl! Auch wenn sie nach China fahren sollte!« Er hängte ein.

Dann rief er Vater Lieblichs Grogkeller an und verlangte Herrn Storm. »Höre zu!« befahl er, als Storm sich meldete. »Laßt euch von dem Alten eine zuverlässige Garage nennen! Leiht euch sofort ein paar Autos! In fünf Minuten seid ihr an der Universität. Das geht nicht? Dann in vier Minuten! Warum keine Autos? Ach so. – Wenn ihr etwas Derartiges auftreiben könnt, ist mir's recht. Ja, ja. Wenn schon, denn schon!« Er hängte ein, blickte Karsten kopfschüttelnd an und rief: »Also, das ist der Gipfel!«

»Was denn?«

»Der junge Mann ist verschwunden!«

»Welcher junge Mann denn?«

»Der mit Steinhövels Sekretärin und eurem Herrn Külz zusammensteckte!«

»Der ist nicht mehr in Warnemünde?«

»Nein.«

»Dann hat er den Holbein gestohlen!«

»Du merkst auch alles!« Der Professor fuhr sich durch den Bart, als wolle er ihn abreißen. »Mir so ins Handwerk zu pfuschen! Na warte, mein Junge!«

»Der war schlauer als wir«, stellte Karsten fest.

»Schlauer? Nein. Aber hübscher. Viel hübscher! Hätte ich vielleicht den Achtel auf die verliebte Gans loslassen sollen? Oder Storm? Mit seinen Schlappohren? In wen von euch hätte sie sich denn vergaffen sollen?«

»Keine Ahnung«, meinte Karsten. »Und wo ist der Junge jetzt?«

Der Chef zündete eine Zigarette an und paffte nachdenklich vor sich hin. »Unterwegs nach Berlin, schätze ich! Er weiß natürlich, daß Steinhövels Sekretärin sein Verschwinden der Polizei gemeldet hat. Nach Kopenhagen kann er also nicht wieder zurück. Die andren Grenzstellen sind auch schon informiert.«

»Ihm geht's genau wie uns.«

»Wir müssen sofort aufbrechen. Irgendwo werden wir ihn schon aufstöbern. Und wenn ich die Straßen nach Berlin mit der Lupe absuchen sollte!«

»Ich möchte einen Vorschlag machen«, erklärte Karsten.

»Und zwar?«

»Wir wollen den Jungen laufenlassen.«

»Und den Holbein?«

»Den auch!«

»Bist du übergeschnappt?«

»Nein«, behauptete Karsten. »Soll die Polizei den Holbein finden, und den Dieb dazu! Wozu willst du deine Finger in eine Mausefalle stecken?«

»Das kommt gar nicht in Frage!« rief Professor Horn. »Ich lasse mir nicht von irgendeinem Amateur auf der Nase herumtanzen! Das wäre ja noch schöner!«

»Vielleicht ist er gar kein Amateur. Vielleicht gehört er zur Konkurrenz!«

»Meinetwegen! Und wenn er Cagliostro persönlich wäre – ich will den Holbein haben. Erst läßt man uns ein Falsifikat klauen! Dann stiehlt uns ein Grünschnabel das Original vor der Nase weg! Das geht zu weit! Damit basta!«

»Bitte sehr.«

»Wir verlassen Rostock in wenigen Minuten. Draußen wird's schon wieder hell. Von Neustrelitz aus telefonieren wir mit Berlin und signalisieren ihn. Graumann mag uns mit seinen Leuten entgegenkommen. Und dann zerquetschen wir den Adonis! Nur die Miniatur muß ganz bleiben. Du erinnerst dich doch, wie der Jüngling aussah?«

»Ungefähr.«

»Notiere es! Damit Graumann und seine Leute den Richtigen erwischen.«

Da klopfte es an der Tür.

Die beiden zuckten zusammen. Besuche im Morgengrauen bedeuten, wenn sie zweifelhaften Ehrenmännern gelten, selten etwas Gutes. Professor Horn griff in die Tasche, in welcher der Revolver steckte, und rief: »Wer ist da?«

»Das Zimmermädchen«, antwortete es draußen auf dem Korridor.

»Ich brauche Sie nicht!« rief der Chef.

»Es ist etwas für den Herrn Professor abgegeben worden«, erklärte die weibliche Stimme.

Karsten schob den Riegel zurück, öffnete die Tür, nahm einen Brief in Empfang und schloß die Tür wieder. Den Brief gab er dem Professor.

Dieser riß den Umschlag auf und las, was auf dem Briefbogen stand. Seine Züge wurden immer unmutiger. Schließlich warf er den Brief auf den Teppich, nahm seinen Kopf in beide Hände und sagte leise: »Das ist zuviel! Davon kann man ja Krämpfe kriegen. Oh, der Halunke soll mich kennenlernen!«

Karsten hob das Schreiben auf und las es. Es war in Blockbuchstaben abgefaßt und lautete folgendermaßen:

»SIE SCHREIBEN GERN BRIEFE. MIR GEHT ES ÄHNLICH. ÜBERDIES BIN ICH

IHNEN NOCH EINE ANTWORT SCHULDIG. ICH HABE MICH TROTZ IHRES WOHLGEMEINTEN RATES IN GEFAHR BEGEBEN. DARIN UMGEKOMMEN, MÖCHTE ICH IHNEN MITTEILEN, BIN ICH VORLÄUFIG NOCH NICHT.

DER ÜBERFALL AUF DAS TANZLOKAL WAR NICHT ÜBEL INSZENIERT. DASS AUCH ICH FÜR DIE ALTEN MEISTER SCHWÄRME, KONNTEN SIE NICHT WISSEN.

ICH BIN, OFFEN GESTANDEN, SEHR GESPANNT, WER SCHNELLER IST. OB SIE. ODER DIE POLIZEI. ODER ICH.

AUF WIEDERSEHN IN BERLIN! HOLBEIN DER JÜNGERE.«

Karsten sagte nach einer Weile: »So ein frecher Hund!« Dann versank er in Schweigen.

»Und den soll ich laufenlassen?« fragte Professor Horn empört. »Das ist wohl nicht dein Ernst! Die ganze Branche würde einen Monat lang über uns lachen!« Er klingelte dem Zimmermädchen.

Sie kam, war mollig und hatte rote Backen.

Horn trat vor sie hin. »Wer hat Ihnen den Brief übergeben? Ein Bote?«

»Nein«, sagte sie. »Er sah aus wie ein junger Mann aus gutem Haus. Erst war er beim Portier und erkundigte sich, in welchem Zimmer der Herr Professor wohnt.«

»Er kannte meinen Namen?«

»Nein. Aber er beschrieb den Herrn Professor. Der Portier schickte ihn herauf. Er gab mir den Brief. Und fünf Mark. Den Brief sollte ich hier abgeben. Das Geld sollte ich behalten. – Dann ging der junge Mann wieder hinunter und sprach mit dem Portier. Vor allem wollte er wissen, ob die Chaussee nach Berlin in gutem Zustand wäre.«

Karsten fragte: »Wie sah der Herr aus?«

»Brünett«, erklärte das Zimmermädchen. »Graue Augen. Schlank. Bartlos. Einsdreiundachtzig groß. Und Kragenweite vierzig.«

Die beiden Männer blickten das Mädchen sprachlos an.

Sie lachte. »Das zählte er alles auf und sagte, ich müsse es mir gut merken. Denn Sie würden mich darnach fragen. Ich fand das sehr komisch. Er war überhaupt sehr lustig. Und hübsch. Ein Bild von einem Mann!« Sie ging zur Tür. »Doch das hat er mir nicht für Sie aufgetragen.« Sie machte einen Knicks und wollte gehen.

»Halt!« rief Professor Horn. »Fuhr der Herr im Taxi weg?«

»Nein«, erwiderte sie. »Er hatte einen Privatwagen. Und weggefahren ist er, glaub ich, auch noch nicht. Vor einer Minute saß er jedenfalls noch in seinem Auto drunten vorm Hotel und trank eine Fleischbrühe mit Ei.«

Sie machte einen Knicks und ging.

Wenige Stunden später befanden sich Irene Trübner und Fleischermeister Külz in Rostock und sprachen mit einem Kriminalkommissar, der ihnen todmüde und unrasiert gegenübersaß. Vor ihm stand eine dampfende Tasse Kaffee. Er trank in kleinen Schlucken und sagte: »Ich muß Sie um Entschuldigung bitten, daß ich so unkomfortabel aussehe. Aber ich habe kaum eine Stunde geschlafen. Noch dazu auf diesem elenden Sofa! Vorher und nachher hatte ich mit dem bedauerlichen Diebstahl zu tun, der Sie betroffen hat. Es galt zahlreiche Anordnungen zu treffen, damit derjenige, der die Gattin Heinrichs VIII. geraubt hat, uns nicht entwischt. Ist es nicht gräßlich? Nicht einmal gemalte Frauen sind vor Liebhabern sicher!« Er lachte. Anschließend gähnte er herzzerreißend. Dann zuckte er, einigermaßen verlegen, die Achseln und trank wieder Kaffee.

»Prost!« sagte Herr Külz. »Gibt es etwas Neues, Herr Kommissar?«

»Noch nicht«, meinte der Beamte. »Aber was in der kurzen Zeit getan werden konnte, wurde getan. Das Netz zieht sich unaufhaltsam zusammen. Der Fischzug steht sozusagen vor der Tür.«

»Hoffentlich fangen Sie keinen alten Stiefel!« sagte Herr Külz.

»Bestimmt nicht. Ich habe die Berliner Stellen ersucht, Herrn Rudolf Struve aus der Holtzendorffstraße zu verhaften.«

Irene Trübner senkte rasch den Kopf und strich mit zitternden Fingern ihren Kostümrock glatt.

Oskar Külz war wesentlich weitschweifiger. »Erlauben Sie mal!« knurrte er. »Das ist ja allerhand. Eine Bande von ausgekochten Strolchen klaut eine Miniatur, die eine halbe Million Mark gekostet hat. Und weil sich ein braver junger Mann zur Wehr setzt, nimmt man den auch gleich mit. Bitte, sowas kann vorkommen. Aber daß dann die Polizei den jungen Mann verhaften will, statt die Räuberbande festzunehmen, das ist neu! Mir ist es zu apart, das muß ich Ihnen ganz offen sagen!«

Der Kommissar hob die Hand. »Nicht so hitzig, lieber Herr Külz! Ich habe meine eigene Theorie. Es wird sich zeigen, ob sie stimmt.«

»Was ist eine Theorie?« Külz wandte sich mit der Frage an Fräulein Trübner.

Sie antwortete: »Wenn das, was man tun muß, sehr schwierig ist, macht man einen Plan, der die Schwierigkeiten vorübergehend beseitigt.«

»Und das ist dann eine Theorie?«

»Jawohl!«

»Aha«, brummte Külz. »Das kenne ich schon lange. Ich wußte nur noch nicht, wie es heißt. Meine Frau ist in Theorien sehr groß. Ich bezeichne so was schlicht als ›faule Ausreden‹. – Kinder, bin ich froh, daß Struve nicht zu Hause ist! Von Gaunern geraubt und außerdem auch noch von der Polizei verhaftet werden, das ist ein bißchen viel für den Einzelnen.«

Der Kommissar war nicht aus der Ruhe zu bringen. »Irren ist menschlich. Doch glaube ich kaum, daß ich mich irre.«

»Sie tun dem jungen Mann unrecht!« rief Külz. »Ich bin zwar ein ziemlich ungebildeter Mensch, der nicht einmal weiß, was eine Theorie ist. Aber wenn ich jemanden für einen anständigen Kerl halte, dann ist er das auch!«

»Lieber Herr Külz«, entgegnete der Kommissar höflich, aber zurechtweisend, »ich muß Ihr Gedächtnis auffrischen. Ich kenne aus dem Protokoll einen Herrn, der viele Stunden lang in einem Eisenbahncoupé mit einer Verbrecherbande zusammensaß und jeden einzelnen dieser Strolche für einen Ehrenmann hielt.«

Der alte Fleischermeister bekam es mit dem Husten. Als er endlich wieder reden konnte, meinte er: »Sie haben recht, so leid es mir tut. Trotzdem möchte ich schwören, daß Sie sich irren. Schließlich war es ja Herr Struve, der mich darauf aufmerksam machte, daß es sich um Gauner handelte.«

Der Kommissar winkte ab. »Das tat er doch nur, damit Fräulein Trübner und Sie ihn für um so anständiger hielten! Außerdem wollte er in Ihrer Nähe bleiben, um der Bande bei dem Diebstahl zuvorzukommen. Na, und das ist ihm ja schließlich gelungen.«

Oskar Külz schüttelte böse den Kopf. »Sie irren

sich, obwohl alles, was Sie sagen, stimmen könnte.«

Der Kommissar meinte geduldig: »Man muß es abwarten. Und jetzt möchte ich dem gnädigen Fräulein einige Fragen vorlegen. Zunächst: wo lernten Sie Herrn Struve kennen?«

»In Kopenhagen.«

»Bei gemeinsamen Bekannten?«

»Nein, Herr Kommissar.«

»Sondern?«

Sie sagte zögernd: »Auf der Straße.«

»Könnten Sie den Vorgang etwas ausführlicher schildern?«

»Ich wollte mir«, erzählte sie, »kurz vor der Abreise ein Paar Schuhe kaufen, die ich am Tage vorher in einem Schaufenster, irgendwo zwischen dem Nytorv und dem Radhusplads gesehen hatte. Ich ging durch die Straßen und suchte das Schaufenster. Plötzlich rief jemand meinen Vornamen. Ich drehte mich um. Es war Herr Struve.«

»Woher wußte er Ihren Vornamen?« fragte der Kommissar. »Ich denke, Sie kannten einander überhaupt nicht!«

»Herr Struve sagte, ich habe seiner Cousine aus Leipzig so sehr geähnelt, daß er gedacht habe, sie sei es.«

Der Kommissar schmunzelte ironisch. »Mein gnädiges Fräulein, was zuviel ist, ist zuviel. Ob Sie Herrn Struve diese Lüge geglaubt haben, weiß ich nicht. Ich glaube sie jedenfalls nicht! Unter gar keinen Umständen! Es ist denkbar, daß Sie seiner Cousine ähneln. Es ist vorstellbar, daß Sie den gleichen Vornamen wie eine junge Dame in Leipzig haben. Aber daß sie einander ähnlich sehen und auch noch genau so heißen, – verzeihen Sie, das ist ein starkes Stück!« Der Kommissar blickte Herrn Külz spöttisch an. »Was halten Sie davon?«

Papa Külz zuckte die Achseln. »Es klingt ziemlich komisch. Das muß ich zugeben.«

Der Kommissar wandte sich wieder an Irene Trübner. »Was geschah dann?«

»Dann fand ich endlich das Schuhgeschäft. Ich ging hinein und probierte Schuhe. Mit einem Male war Herr Struve wieder da. Er nahm sogar das Schuhpaket an sich, als ich den Laden verließ. Auf der Straße forderte ich ihn auf, seiner Wege zu gehen.«

»Und dann?«

»Dann ging er seiner Wege«, entgegnete sie.

»Wann trafen Sie ihn wieder?«

»Am nächsten Mittag. Im Schnellzug. Er kam in mein Abteil, setzte sich mir gegenüber und fragte, ob wir uns wieder vertragen wollten.«

Der Kommissar trank die Tasse leer und setzte sie umständlich auf die Untertasse zurück. »Es ist alles sonnenklar«, meinte er. »Nur eins will mir nicht in den Schädel. Daß Sie nämlich trotz dieser Vorgeschichte noch immer daran zweifeln, daß dieser Herr Struve mit dem Raub der Miniatur in engster Verbindung steht! Es liegt doch auf der flachen Hand!«

Oskar Külz sagte: »Es soll schon einmal vorgekommen sein, daß der Schein getrogen hat.«

»Gewiß«, gab der Beamte zu. »Einmal soll es schon vorgekommen sein. Aber nur einmal! Und das ist schon lange her. Jedenfalls ist es mir lieber, versehentlich ein kleines Unrecht zu begehen, als wissentlich ein großes zu dulden.«

»Mir ist die Sache zu hoch«, stellte Papa Külz fest. »Noch vor einer Woche dachte ich, Wurstmachen sei der gräßlichste Beruf auf der Welt. Ich glaube aber, Verbrecher haschen zu müssen, ist noch schrecklicher.«

»Ein wahres Wort!« bemerkte der Kommissar. Er erhob sich. »Ich möchte Sie bitten, mit dem nächsten Zug nach Berlin zu fahren und sich dem dortigen Polizeipräsidium zur Verfügung zu stellen.«

»Am Alex?« fragte Külz.

»Ganz recht. Am Alexanderplatz. Den Behörden und der von Herrn Steinhövel ausgesetzten hohen Belohnung wird es sicher bald gelingen, die Miniatur und deren Dieb herbeizuschaffen.«

Er brachte die beiden zur Tür. Gerade als er sie öffnen wollte, läutete das Telefon. Er ging rasch zum Schreibtisch, nahm den Hörer ab und meldete sich. Nach wenigen Sekunden des Zuhörens meinte er: »Danke schön, Herr Kollege!« und legte den Hörer auf die Gabel zurück.

Irene Trübner und Herr Külz warteten an der Tür. Der Kommissar sagte: »Ich erfahre soeben, daß Herr Rudolf Struve in seiner Berliner Wohnung in der Holtzendorffstraße verhaftet worden ist. Ich darf mich empfehlen.«

Das vierzehnte Kapitel
Herrn Struves sonderbare Vernehmung

Ein mit ungefähr zwei Dutzend Männern beladener Autobus ratterte nun schon seit Stunden über mecklenburgische Chausseen. Erst war er südwestlich gefahren. Bis nach Schwerin hinein. Dann war er plötzlich nach Osten abgebogen und hatte, nach langer Reise, Neustrelitz passiert.

Die Fahrgäste waren seltsam herausgeputzt. Sie trugen Pappnasen und martialische falsche Bärte im Gesicht. Auf den Köpfen hatten sie papierne Ballonmützen und Turbane. Und in den Händen hielten sie Pritschen und Luftballons. Der Mann neben dem Chauffeur blies auf einer blechernen Kindertrompete. Auf den Wänden des Wagens stand mit weißer Kreide, daß es sich um den »Rostocker Skatklub 1896, e. V.« handle. Die Insassen schwenkten ihre Ballons, gröhlten Wanderlieder, lachten ausgelassen und riefen den Frauen und Kindern, die erstaunt am Wege standen, handfeste Bemerkungen zu.

Nun, solche Vereinsausflüge sind ja nichts Außergewöhnliches.

Auffällig war allenfalls, daß der Lärm und die Heiterkeit jedesmal, wenn die letzten Häuser einer Ortschaft verschwunden waren, wie abgehackt abbrachen. Die Insassen des Autobusses schwiegen dann, schauten unfreundlich drein und dösten im Halbschlaf vor sich hin.

Wollten sie den Frieden der Wälder und Wiesen nicht stören? Bezwangen sie ihre Lustigkeit, um das Wild nicht aufzuscheuchen?

Es lag anders. Den Fahrgästen machte es nicht das mindeste Vergnügen, vergnügt zu sein! Auf den stillen Landstraßen fiel die Fidelität von ihnen ab, und sie bekamen bös verkniffene Mienen.

Der Mann, der wie ein Ringkämpfer aussah, meinte zu Philipp Achtel: »Du kannst getrost deine Pappnase einsparen. Deine echte Nase sieht schon künstlich genug aus.«

Herr Achtel erwiderte: »Mir ist es heute lieber, die Polizei hält mich für einen Skatbruder aus Rostock als für einen Stammgast von Plötzensee.«

»Wenn nur die Bänke nicht so hart wären!« knurrte Storm. »Da kann man sich ja eine Blinddarmentzündung holen!«

»Nimm dir ein Beispiel an uns«, sagte Karsten, »und setz dich nicht ausgerechnet auf den Blinddarm!«

Hinter dem Chauffeur, auch einem Vereinsmitglied, saß Herr Professor Horn. Er hatte keinen Bart mehr, war blitzblank rasiert, blickte oft auf eine Landkarte, die auf seinen Knien lag, und orientierte sich. Mit einem Male rief er: »Achtung, wir kommen in ein Dorf! Ich möchte mir ausbitten, daß ihr diesmal lustiger seid! In Neustrelitz habt ihr euch benommen, als ob ihr von einer Beerdigung kämt.«

Die Skatbrüder schoben die Pappnasen und Bärte zurecht, räusperten sich gründlich und sangen auf Storms Anraten: »Wohlauf, die Luft geht frisch und rein. Wer lange sitzt, muß rosten!« Der Hinweis auf das »Lange Sitzen« irritierte Herrn Achtel so sehr, daß er falsch sang.

Das Dorf war erreicht. Die Einwohner blieben neugierig stehen. Die Kinder hüpften neben dem Autobus her und wollten Luftballons ergattern. Und die maskierten Zuchthäusler schmetterten ihre Lieder in die Sommerluft, daß es eine Art hatte.

Da stoppte der Chauffeur. Die Fahrgäste purzelten gegen- und durcheinander.

»Was gibt's?« fragte der Chef.

»Unser junger Mann tankt!«

Die Insassen waren plötzlich still geworden.

»Wollt ihr Kerls auf der Stelle lustig sein?« brummte Professor Horn drohend.

Die andern wurden sofort wieder laut und fidel. Um den haltenden Autobus versammelten sich Knechte, Mägde und Schulkinder. Es entspann sich ein turbulentes Treiben. Bauersleute blickten neugierig aus den Fenstern ihrer Häuser. Ein Ochsenkarren schob sich an dem Autobus vorbei. Der eine Ochse wollte nicht weiter. Ein paar Luftballons stiegen hoch. Die Kinder jauchzten und balgten sich vor Wonne. Die Szene glich einem Volksfest.

»Chef!« sagte der kleine Herr Storm. »Warum sitzt der Bursche nicht im Auto?«

»Paulig soll nachsehen, was los ist!« befahl Horn.

Der Chauffeur kletterte von dem Bus herunter und begab sich zu der Tankstelle, um vorsichtig Erkundigungen einzuziehen.

Die anderen waren nervös, und während sie mit der dörflichen Bevölkerung scherzten, gingen ihnen etliche Fragen nicht aus dem Kopf. Wo war der junge Mann, den sie verfolgten? Hatte er eine Panne? Warum kehrte er, wenn er ausgestiegen war, nicht wieder? Was zum Teufel sollte der Zwischenfall bedeuten?

Endlich kam Paulig, der Chauffeur, zurück. Er kletterte eilig auf seinen Platz, gab Gas und fuhr drauflos. Währenddem erklärte er hastig: »Der Wagen war geliehen. Hier hat ihn der junge Mann gegen einen andren Wagen umgetauscht. In Gransee wechselt er noch einmal. Das ist auf dieser Strecke mit Leihautos so üblich.«

»Und in Berlin?« fragte Professor Horn.

»In Berlin muß er das Granseer Auto bei Kienast abliefern«, erklärte der Chauffeur. »Das ist eine Garage am Stettiner Bahnhof.«

Professor Horn lächelte befriedigt. »Ausgezeichnet! In Gransee halten wir eine Minute. Ich telefoniere noch einmal mit Graumann. Er soll ein paar

Leute vor der Berliner Garage postieren. Unser junger Freund sitzt in der Falle.«

»Sogar wenn die Polizei vorher unsern Skatklub hochgehen läßt«, meinte Karsten düster.

Herr Achtel versetzte ihm einen Rippenstoß. Die anderen sangen, johlten und winkten. Die Dorfbewohner winkten auch. Der Monteur an der Tankstelle grüßte militärisch und lachte übers ganze Gesicht. Die Kinder, die neben dem Wagen hergerannt waren, blieben stehen. Sie waren vom Lachen und Laufen völlig außer Atem.

Der Autobus verschwand in einer Staubwolke.

Ein kleines Mädchen hatte einen roten Luftballon erobert und stolperte damit glücklich nach Hause. – So hat alles sein Gutes.

Im Berliner Polizeipräsidium wurde inzwischen Herr Rudolf Struve, wohnhaft in Charlottenburg, Holtzendorffstraße 7, von einem Kommissar vernommen.

Struve war ein kleiner, untersetzter Herr. Mit lebhaften Bewegungen und mit einer blonden Mähne. Er sah sich amüsiert im Zimmer um.

Der Kommissar hielt eine Art Zimmermannsbleistift in der Hand, klopfte mit dem Stift häufig an die Schreibtischkante und lächelte nachsichtig.

»Nun, Herr Struve«, sagte er. »Sie sehen hoffentlich ein, daß Ihr Vorhaben mißglückt ist. Erleichtern Sie Ihr Gewissen! Geständnisse verringern unsere Arbeit und Ihr Strafmaß!« Dann lehnte er sich zurück, als sitze er im Theater und warte auf die Peripetie des Dramas.

Herr Struve machte Froschaugen. Ihm war, seit man ihn am frühen Morgen aus dem Bett geholt hatte, so vieles zugestoßen, was er nicht verstanden hatte, daß er sich eigentlich schon gar nicht mehr wunderte. Andrerseits war er natürlich begierig zu wissen, was man von ihm wollte. Es mußte sich doch herauskriegen lassen! Er ergriff also das Wort. »Sehr geehrter Herr Kommissar, ich wäre Ihnen unsäglich dankbar, wenn Sie sich etwas präziser ausdrückten. Schauen Sie, ich will Ihnen wirklich von Herzen gern erzählen, was Sie von mir zu erfahren wünschen. Wenn ich nur erst wüßte, worum sich's handelt! Läßt sich das machen?«

Der Kommissar klopfte mit dem Zimmermannsbleistift an die Schreibtischkante. »An der nötigen Präzision soll es gewiß nicht fehlen, Herr Struve.«

»Das freut mich.«

»In wessen Auftrag waren Sie in Kopenhagen?«

Herr Struve zog erstaunt die Brauen hoch.

»Oder haben Sie auf eigne Faust gehandelt? Das wäre natürlich auch möglich. Entschuldigen Sie, daß ich diese Eventualität erst an zweiter Stelle erwähne.«

»O bitte sehr«, entgegnete Struve. »Sie huldigen also der Anschauung, ich sei in Kopenhagen gewesen?«

»Ganz recht. Ich zweifle nicht daran.«

»Leider ein Irrtum, Herr Kommissar.«

»Sie waren also gestern nicht in Kopenhagen?«

»Erraten! Ich war gestern nicht in Kopenhagen. Ich war vorgestern nicht in Kopenhagen. Und ich war, um es kurz zu machen, noch nie in meinem Leben dort! Das mag ein Bildungsmangel sein. Aber doch kein Grund, verhaftet zu werden!«

»Sie waren also gestern zu Hause?«

»Nein«, sagte Herr Struve. »Das ist ein Trugschluß. Ich war weder in Kopenhagen, noch zu Hause.«

»Schade«, meinte der Kommissar. »Wenn Sie gestern zu Hause gewesen wären, könnte ich Sie jetzt dorthin zurückschicken. Wo waren Sie gestern?«

»In Bautzen.«

»Wo?«

»In Bautzen in Sachsen. Bautzen ist eine sehr malerische Stadt. Mit alten Stadtmauern und Türmen. Sie sollten sich Bautzen gelegentlich einmal anschauen.«

»Gern«, sagte der Kommissar. »Ich danke Ihnen für die Anregung. Sie waren also in Bautzen in Sachsen.«

»Wir verstehen uns«, erwiderte Struve höflich.

»Darf ich Sie bitten, mir den Namen des Hotels zu nennen, in dem Sie übernachtet haben? Ich melde ein Gespräch mit Bautzen an. Ich lasse mir bestätigen, daß Sie dort waren. Und Sie sind frei.«

Struve schwieg.

»Oder sollten Sie vergessen haben, wie das Hotel heißt?« fragte der Kommissar spöttisch.

»Nein. Aber ich habe in Bautzen gar nicht übernachtet. Sondern ich bin mitten in der Nacht wieder abgereist. Ich gab mich nämlich der trügerischen Hoffnung hin, in meiner Berliner Wohnung ausschlafen zu können. Wenn ich geahnt hätte, daß man mich schon nach einer Stunde herausklingeln und zu Ihnen bringen würde, wäre ich allerdings in dem malerischen Bautzen geblieben.«

»Sie sind ein Pechvogel«, stellte der Kommissar fest.

»Seit ich mich kenne«, erwiderte Struve. »Da kann man nichts machen. Wen's trifft, den trifft's.«

»Wie heißen Ihre Bautzener Bekannten oder Geschäftsfreunde?« erkundigte sich der Beamte. »Irgend jemand wird sich doch finden lassen, der Ihr Alibi nachweist!«

Herrn Struve wurde allmählich schwül zumute.

»Teufel nochmal!« rief der Kommissar. »Sie werden ja doch wohl nicht nur nach Bautzen gefahren sein, um dort nicht zu übernachten!«

»Nein.«

»Oder wollten Sie nur die alten Stadtmauern und Türme betrachten?«

»Nein. Ich fuhr nach Bautzen, um jemanden zu sprechen.«

»Wie heißt die Person?«

»Nicht doch, Herr Kommissar! Es handelt sich um keine Person, sondern um eine Dame!« Er fuhr sich durch die blonde Mähne. »Bautzen besitzt nämlich ein Stadttheater. Und eine weibliche Kraft dieser Bühne stand mir einst nahe. Damals war sie noch nicht in Bautzen. Sondern erst seit einer Saison. Ich fuhr hin, um sie zu sprechen. Ich stellte mich nach der Vorstellung an den Bühnenausgang und wartete auf sie. Sie kam auch heraus.«

»Nicht möglich«, stellte der Kommissar fest.

»Aber ehe ich mich ausreichend bemerkbar machen konnte, gab ihr bereits ein andrer Mann die Hand. Ich wollte nicht stören. Die beiden gingen Arm in Arm fort. Und ich begab mich auf den Bahnhof.«

»Sie sind wirklich zu bedauern«, erklärte der Kommissar. »So etwas von keinem Alibi erlebt man selten.« Er dachte nach und fragte dann: »Aber vorgestern waren Sie in Berlin?«

Struve sagte erleichtert: »Vorgestern? Ja!«

»Ausgezeichnet! Wie ist Ihre Telephonnummer? Wir wollen Ihr Dienstmädchen anrufen.«

»Tut mir leid. Ich habe kein Dienstmädchen. Meine Wohnung ist so klein ...«

Der Kommissar winkte ungeduldig ab. »Wo wohnt Ihre Aufwartung? Ich schicke einen Beamten hin. Oder haben Sie auch keine Aufwartung, Herr Struve?«

»Doch! Selbstverständlich! Aber meine Aufwartung kommt nur zweimal in der Woche. Und vorgestern war sie nicht in meiner Wohnung.«

»Lieber Herr Struve! Meine Geduld ist stadtbekannt. Ich frage Sie daher in aller Ruhe: bei wem wünschen Sie, daß ich mich erkundigen soll?«

»Ich wüßte im Augenblick nicht, wen ich vorschlagen sollte. Ich war in den letzten Tagen immer zu Hause.«

»Und immer allein?«

»Eben, eben«, sagte Struve. »Ich habe nämlich eine Partitur für sechzig Instrumente ausgeschrieben. Das ist eine Viechsarbeit. Und als ich damit fertig war, fuhr ich –«

»Nach Bautzen«, ergänzte der Kommissar.

»Ganz recht. Was haben Sie eigentlich gegen Bautzen?«

»Fast gar nichts«, erwiderte der Kommissar. Dann erhob er sich, verschränkte die Arme auf der Brust und fragte: »Herr Struve, wo haben Sie die Miniatur?«

»Was denn für eine Miniatur?« fragte der andere überrascht.

»Haben Sie noch nie etwas von Heinrich VIII. gehört?«

»Doch, doch. Aber was hat denn das mit Bautzen zu tun, Herr Kommissar?«

»Und von Ann Boleyn?«

»Natürlich!«

Der Kommissar beugte sich vor. »Und von Holbein dem Jüngeren?«

»Gewiß, auch von dem«, gab Struve zu.

»Aber die Miniatur, die Holbein von Ann Boleyn malte und die Heinrich VIII. zum Geschenk erhielt – die kennen Sie nicht?«

»Nein, die kenne ich wirklich nicht. Ich bin ja schließlich kein Kunsthistoriker, mein Herr! Ich bin Musiker!«

»Freilich!«

»Ich habe den Eindruck, daß es Sie überhaupt nicht interessiert, daß ich in Bautzen war!« Struve war ehrlich gekränkt. »Auf der anderen Seite ist es mir völlig schleierhaft, was die Miniatur einer geköpften Engländerin mit Kopenhagen zu tun hat. Und warum Sie darauf Wert legen, daß ich nicht in Bautzen, sondern in Kopenhagen war. Seien Sie doch so freundlich und erklären Sie sich näher!«

»Nein«, sagte der Kommissar. »Ich habe vorläufig genug davon, mich mit Ihnen zu unterhalten!« Er drückte auf einen Klingelknopf. Ein Polizeibeamter erschien.

»Führen Sie Herrn Struve wieder ab!« befahl der Kommissar und trat ans Fenster.

Das fünfzehnte Kapitel
Ein Skatklub hat Kummer

Kurz hinter Gransee wurden einige Mitglieder des »Rostocker Skatklubs 1896, e. V.« rebellisch. Und Storm, der sonst immer auf seiten seines Chefs stand, gab ihnen recht.

»Worauf wartest du eigentlich?« fragte er nervös. »Wie lange sollen wir denn noch Wanderlieder schmettern und in den Dörfern den dummen August spielen? Laß endlich Paulig aus seiner Dampfwalze herausholen, was drin ist! Wir wollen den jungen Mann einholen und ihm einige Löcher in seine Reifen schießen. Dann knöpfen wir ihm den Holbein ab und lassen ihn selber gut verschnürt bei Mutter Grün sitzen. Stricke haben wir mit. Wir machen ein handfestes Paket aus ihm und deponieren ihn in einem abgelegenen Ährenfeld. Bis man ihn findet, sind wir in Berlin.«

»Bravo!« rief Philipp Achtel. »Mir hängen die Volkslieder allmählich zum Halse heraus! Man kriegt nur Durst davon.«

Professor Horn war andrer Meinung. »Ihr dürft nicht vergessen, daß die Polizei alarmiert ist«, sagte er. »Eine Herrenpartie ist nicht sehr gefährdet. Warum sollen wir in der Gegend herumknallen? In Berlin fällt so ein Wirbel viel weniger auf.«

»Und was ist«, fragte Karsten, »wenn der Strolch sein Leihauto nun nicht in die Garage am Stettiner Bahnhof kutschiert? Der Junge ist nicht auf den Kopf gefallen. Wenn er nun den Wagen irgendwo stehen läßt und türmt? Was machen wir dann?«

»Dann gucken wir und Graumanns Leute in den Mond!« meinte der Ringkämpfer verbiestert. »Berlin ist groß. Das habe ich schon in der Schule gelernt.«

Professor Horn studierte eingehend die Landkarte. Nach einigem Zögern sagte er: »Meinetwegen! Wenn wir ihn noch vor Oranienburg erwischen, soll mir's recht sein. Sonst bleibt's bei Berlin.«

Die Skatbrüder wurden mobil. »Paulig, gib Gas!« schrie einer.

Der Chauffeur tat sein Möglichstes.

»Aber nur in die Reifen schießen!« befahl der Chef. »Nicht in den Herrn selber! Ihr wißt, ich mag das nicht!«

Herr Achtel kräuselte die Lippen. »Du solltest dir ein Büro einrichten«, meinte er. »Dann könntest du unsere Ausflüge fernmündlich leiten. Oder per Einschreiben.«

»Wenn ihr wüßtet, wieviel lieber mir das wäre!« behauptete der Chef. »Aber man kann euch ja leider keine Sekunde allein lassen! Das Doppelte könnten wir verdienen, wenn ich nicht auch noch eure Kinderfrau spielen müßte!«

»Der geborene Etappenhengst!« murmelte der Ringkämpfer.

Professor Horn drehte sich um: »Was hast du gesagt?«

Der andere zog den Kopf zwischen die Schultern. »Nichts«, erklärte er.

Der Rostocker Autobus sauste mit höchster Geschwindigkeit über die Landstraße. Die Fahrgäste flogen auf ihren Bänken hin und her und schimpften wie die Waschweiber. – Auf einsamen Feldwegen holperten Gutsfuhrwerke. In einer Waldlichtung stand ein Forstgehilfe mit Jagdhunden. Die Hunde bellten ärgerlich.

Zehn Minuten mochten so vergangen sein. Endlich entdeckten sie ein Auto, das in einiger Entfernung vor ihnen herfuhr.

»Ein grauer Opel«, meinte Paulig. »Das ist er! Wenn er nicht aufdreht, haben wir ihn in fünf Minuten eingeholt!«

Professor Horn kletterte zum Chauffeur vor, setzte sich neben ihn und zog den Revolver. Dann wandte er sich um und sagte kalt: »Wer gegen meine Anordnungen verstößt, kann nach Berlin laufen! Was man nicht im Kopfe hat, hat man in den Beinen. Verstanden?«

Die Antwort bestand in einem undefinierbaren Gemurmel.

Da verschwand der graue Opel hinter einer Biegung!

Die Skatbrüder hielten die Pappnasen vorgestreckt. Sie fieberten vor Jagdeifer. »Hoffentlich treffe ich dorthin, wohin ich ziele«, meinte Storm zu Karsten. »Ich bin in letzter Zeit so kurzsichtig.« Er kicherte böse.

Der Autobus hatte die Kurve erreicht. Er schleuderte. Paulig bremste. Dann ging die Jagd weiter. Doch da nahm Paulig von neuem Gas weg.

Kaum fünfzig Meter vor ihnen hielt der graue Opel am Straßenrand. Der junge Mann war ausgestiegen. Er stand neben dem Wagen und unterhielt sich mit jemandem, der sich an ein Fahrrad lehnte.

Beide blickten dem Autobus entgegen. Und der Jemand – ja das war ein Feldgendarm!

»Schießeisen weg!« rief der Professor heiser. »Singen!«

Der kleine Herr Storm stimmte ein Lied an. Die andern fielen ein. Und während die Zuchthäusler an dem Feldgendarm und an ihrem Freund vorüberbrausten, schwenkten sie die bunten Papiermützen und sangen aus voller Brust: »Hab mein' Wagen vollgeladen! Voll mit jungen Mädchen!«

Es muß festgestellt werden, daß die bärtigen Stimmen vor Erregung zitterten. Doch der Feldgendarm machte keine Anstalten, den Autobus aufzuhalten. Er sah lächelnd hinterher und schüttelte den Kopf.

Paulig fuhr jetzt wie der Teufel. Erst hinter der nächsten Kurve traute er sich das Tempo zu verlangsamen. Und ganz allmählich verebbte auch die

Sangesfreude der Skatbrüder und machte einer nur allzu begreiflichen Empörung Platz.

»So eine Kanaille!« schrie der kleine Herr Storm. Seine Stimme überschlug sich. »Ich könnte den Kerl erwürgen! Erst klaut er uns den Holbein vor der Nase weg, und dann macht er sich noch mit einem Polizisten über uns lustig!«

Herr Philipp Achtel fuchtelte mit den Händen in der Luft herum. »Und diesem Halunken«, schrie er hysterisch, »dem wollt ihr nur die Autoreifen kaputtschießen? Da hört sich ja alles auf! Wer das verlangt, der gehört in den Tierschutzverein, aber nicht hierher!«

Professor Horn war blaß geworden. Man konnte sehen, wie sich seine Kaumuskeln unter der Haut bewegten. »Stopp«, rief er. Und als ihn die anderen ansahen, meinte er: »Er muß ja an uns vorbei. Wir wollen auf ihn warten.«

»Ist gemacht«, brummte Paulig. Der Autobus fuhr langsam. Der Autobus hielt.

»Genug gescherzt!« sagte Professor Horn. »Dieser Lump ist imstande, uns die Polizei auf den Hals zu hetzen! Es hat alles seine Grenzen. Wenn er an uns vorbeikommt, machen wir ihn fertig!«

»Das erste vernünftige Wort!« erklärte der Ringkämpfer. »Darf ich um den Vorzug bitten, mit ihm abzurechnen?«

»Schön. Hau ihm eins über die Fontanellen, daß er für die nächsten Stunden den Rand hält!«

Der Ringkämpfer wurde traurig und fragte: »Warum nur für die nächsten Stunden? Warum nicht für ein paar Jahre länger?«

»Kein Wort weiter!« sagte Professor Horn.

Sie saßen stumm in ihrem Autobus und warteten auf den grauen Opel. Die Luftballons bewegten sich leise.

»Achtung!« rief einer. »Er kommt!«

Der Ringkämpfer reckte sich. Die Revolver wurden entsichert. Der Chauffeur hielt sich in Bereitschaft. Über die Getreidefelder wehte der Wind. Die Ähren verneigten sich im Chor. Eine Lerche stieg tirilierend empor. Und aus dem Anschlag der Rostocker Skatbrüder wurde nichts!

Denn der graue Opel kam nicht allein des Wegs. Nebenher radelte der Feldgendarm und unterhielt sich mit dem jungen Mann.

Die Gauner steckten ihre Schießeisen weg und wußten nicht, was sie machen sollten.

Der Chef rief: »Wollt ihr gleich lustig sein, ihr Idioten? Ihr habt wohl lange keine Tüten gedreht?«

Das wirkte.

Die Skatbrüder erwachten aus ihrer Lethargie. Sie sangen, gröhlten und schwenkten ihre Luftballons, als befänden sie sich auf dem Oktoberfest.

Der graue Opel und der Feldgendarm machten halt.

Die Insassen des obskuren Autobus übertrafen

sich selber. Ihre Heiterkeit kannte keine Grenzen mehr. Herr Philipp Achtel jodelte, als sei er in Berchtesgaden zur Welt gekommen. Der kleine Herr Storm sang mit fistelnder Kopfstimme. Professor Horn schlug sich wie ein Schuhplattler auf beide Schenkel. Karsten lieferte die notwendigen Baßtöne.

Der junge Mann im grauen Opel meinte: »Ein heiteres Völkchen! Da könnte man fast neidisch werden, Herr Wachtmeister! Na, alles Gute allerseits!« dann hob er zum Gruß einen Finger an die Hutkrempe und fuhr im Schnellzugstempo davon.

Der Feldgendarm trat zu dem Autobus. »Darf ich mal den Führerschein sehen?« fragte er. »Wenn man sich schon die Knochen bricht, soll man es doch nicht ohne behördliche Erlaubnis tun.«

Paulig, der Chauffeur, fingerte wütend in der Brusttasche herum. Schließlich fand er den Führerschein und reichte ihn dem Feldgendarm.

Der Polizist prüfte das Dokument gründlich. Endlich gab er's zurück und sagte: »Geht in Ordnung! Aber fahren Sie gefälligst langsamer!« Dann erkundigte er sich nach dem Woher und Wohin und machte auf die nächsten Umleitungen aufmerksam. Er schien viel Zeit zu haben.

Von dem grauen Opel war schon lange nichts mehr zu sehen.

Irene Trübner und Fleischermeister Külz waren vom Stettiner Bahnhof aus sofort zum Polizeipräsidium gefahren. Nun saßen sie dem zuständigen Kommissar gegenüber und ließen sich von ihm berichten, was der verhaftete Rudolf Struve ausgesagt hatte. Der Bericht fiel ziemlich ausführlich aus, und die beiden Zeugen verharrten, als der Kommissar geendet hatte, in tiefem Schweigen.

Endlich raffte sich Herr Külz auf, schlug sich mit der Hand aufs Knie, daß es knallte, und rief: »Nun brat mir aber einer einen Storch! Alles hätte ich erwartet, nur das nicht! Wenn er Ihr Zimmer zu Kleinholz verarbeitet hätte, bitteschön! Ein richtiger Zorn ist was Herrliches. Oder er hätte Ihnen sagen können, daß es Sie nichts angeht, wo er gewesen ist. Auch ein Standpunkt! Doch daß er Ihnen weismacht, er sei in Bautzen gewesen, um eine Schauspielerin anzuquatschen, und daß er sich dann nicht einmal getraut habe – das ist zuviel. Finden Sie nicht auch, Fräulein Trübner?«

Irene Trübner schwieg sich aus.

»Wer lügt, der stiehlt!« meinte Külz aufgebracht. »Da habe ich mich ja wieder einmal von oben bis unten mit meiner Menschenkenntnis blamiert! In Bautzen ist er gewesen, ausgerechnet in Bautzen! Und übernachtet hat er nicht, und getroffen hat er keine Seele! Das ist ja ein ganz ausgekochter Junge!«

Der Kommissar sagte: »Ich habe veranlaßt, daß

Herr Struve vorgeführt wird. Wir werden sehen, ob er in Ihrer Gegenwart die Stirn hat, bei seinen Behauptungen zu bleiben.«

Fräulein Trübner erschrak. »Er kommt hierher? Ich möchte gehen!«

»Ausgeschlossen!« erklärte der Kommissar.

Fleischermeister Külz streichelte ihre Hand, so sanft er's vermochte. »Sie können sich ja hinter meinem Rücken verstecken«, flüsterte er.

Das Telefon läutete.

Der Kommissar hob den Hörer ab und sagte: »Führen Sie ihn herein!« Dann wandte er sich an seine Gäste und hob den großen Bleistift wie ein Dirigent. »Herr Struve wird sofort erscheinen.«

Papa Külz machte sich noch breiter, als er war, und rückte seinen Stuhl vor den der jungen Dame.

Die Tür ging auf.

Von einem Polizisten begleitet, erschien Herr Rudolf Struve aus der Holtzendorffstraße. Er war mit seinem Humor am Ende und schaute finster drein. Sollte er denn schon wieder erzählen, daß er gestern in Bautzen war?

»Mir geht der Hut hoch!« rief Herr Külz. Er deutete mit ausgestrecktem Arm auf den kleinen dicken Herrn mit der Künstlermähne, und dann lachte er schallend und mit staunenswerter Ausdauer.

Er lachte übrigens nicht allein. Sondern Fräulein Trübner schloß sich seinem Beispiel an. Ihr Lachen klang freilich nicht ganz so laut und nicht ganz so vergnügt. Und zum Schluß zog sie sogar ihr Batisttuch aus der Handtasche und fuhr sich über die Augen. Doch auch ihr war es mit dem Lachen ernst gewesen.

Der Kommissar und der inhaftierte Komponist schauten einigermaßen verdutzt drein.

Herr Struve ergriff als erster das Wort. »Auf soviel Beifall war ich nicht gefaßt«, sagte er mürrisch. Und weil das Lachen nicht aufhörte, stampfte er mit dem Fuß auf und schrie: »Bin ich denn hier als Clown engagiert, Herr Kommissar?«

»Entschuldigen Sie!« rief Külz, »Sie haben recht. Ich benehme mich sehr unhöflich. Ich habe Sie bestimmt nicht ausgelacht. Aber es ist ja zu komisch!« Er begann von neuem zu lachen. Er sah den Kommissar an und meinte: »Ich kenne den Herrn nämlich gar nicht!«

Der Kommissar beugte sich weit vor und fragte: »Was soll das heißen? Sie kennen Herrn Struve nicht?«

»Nein«, antwortete Fräulein Trübner. »Wir hatten noch nicht das Vergnügen.«

»Sind das die Herrschaften, mit denen ich in Kopenhagen gewesen bin?« erkundigte sich der Komponist ironisch.

»Vielleicht war er doch in Bautzen!« rief Papa Külz und mußte wieder lachen.

»Herr Kommissar«, meinte Struve gekränkt. »Sie

haben mich doch nicht etwa interviewt, um Leuten, die ich nicht kenne, Einblick in mein außerordentlich diffiziles Privatleben zu gewähren?«

»Die Herrschaften kennen einander tatsächlich nicht?« fragte der Beamte zweifelnd.

»Nein!« entgegneten alle drei.

»Entschuldigen Sie!« bat Külz. »Aber heißen Sie wirklich Rudi Struve? Und wohnen Sie faktisch in der Holtzendorffstraße?«

»Donnerwetter noch einmal!« brüllte der Komponist. »Nun wird mir's aber zu bunt! Erst glaubt man mir nicht, daß ich in Bautzen war, und will mir suggerieren, ich sei in Kopenhagen gewesen! Und jetzt hat man sogar etwas dagegen, daß ich in Charlottenburg wohne und Struve heiße! Eins darf ich Ihnen verraten: Ich bin zwar aus Künstlerkreisen. Aber so verrückt wie hier geht's bei uns nicht einmal im Fasching zu!« Er fuhr sich durch die Locken und zitterte wie rote Grütze.

»Herr Struve heißt Struve«, erklärte der Kommissar. »Das unterliegt keinem Zweifel.«

»Und in der Holtzendorffstraße wohne ich auch!« rief Struve. »Leider! Sonst wäre ich heute früh nicht aus dem Bett geholt worden! Die Herren, die so reizend waren, mich zu wecken, werden das bestätigen können!«

»Selbstverständlich, mein Herr«, sagte der Kommissar und legte alle Sanftmut, deren er fähig war, in seine Stimme. »Wir sind einem Irrtum zum Opfer gefallen. Man hat uns mystifiziert. Es hat sich jemand, der einige Tage in Kopenhagen war und vergangene Nacht spurlos aus Warnemünde verschwand, Ihres Namens und Ihrer Adresse bedient. Wer es war, das werden wir, wie ich fürchte, so bald nicht erfahren. Ob es ein Bekannter von Ihnen war? Was halten Sie davon?«

»Ich muß doch sehr bitten!« meinte Struve gereizt. »Ich habe keine Verbrecher in meiner Bekanntschaft!«

»Wenn es kein Bekannter von Ihnen war«, überlegte der Beamte, »dann ist es ein Unbekannter gewesen. Ein Mann, der, bevor er seinen Raubzug antrat, im Berliner Adreß- oder Telephonbuch geblättert und sich einen Namen zugelegt hat, unter dem er auftreten und gegebenenfalls verschwinden konnte.«

»Den Kerl bring ich um!« sagte Herr Struve.

»Erst müßt ihr ihn haben«, behauptete Fleischermeister Külz. »Unserm Struve aus Kopenhagen hätte ich es kolossal verübelt, wenn er hier erzählt hätte, er sei in Bautzen gewesen, um sich vor dem Begleiter einer Schauspielerin zu fürchten.«

»Ich verbitte mir jede Kritik«, sagte der Komponist. »Es ist möglich, daß Ihnen ein Dieb von Kunstgegenständen sympathischer ist, als ich es bin. Aber es interessiert mich nicht, mein Herr!«

»Auch Komponisten stehlen manchmal«, entgegnete der Fleischermeister aus der Yorckstraße.

»Keine Holbeine, sondern Noten!« Er lachte. Dann winkte er ab. »Ich wollte Sie aber nicht kränken. Gestatten Sie, mein Name ist Külz!« Als der andere nicht antwortete, fragte er: »Schreiben Sie Schlager?«

»Nein!« rief Herr Struve. »Nein, Sie Ignorant! Und jetzt gehe ich heim! In die Holtzendorffstraße, meine Herrschaften! Oder will mich die Polizei noch länger als unfreiwilligen Komiker hierbehalten?«

»Nicht doch, Herr Struve!« sagte der Kommissar. »Ich bitte Sie in meinem Namen und im Namen meines Rostocker Kollegen um Entschuldigung.«

»Das kommt von den Theorien«, murmelte Papa Külz.

Der Kommissar verstand ihn nicht und fuhr fort: »In spätestens einer halben Stunde sind Sie frei, Herr Struve. Ich muß nur noch die notwendigen Formalitäten erledigen. Nur noch dreißig Minuten Geduld! Und halten Sie sich, wenn ich darum bitten darf, ebenso wie Fräulein Trübner und Herr Külz, in den nächsten Tagen zu unserer Verfügung.«

»Worauf Sie sich verlassen können«, erklärte der Komponist. »Es verlangt mich sehr, den Herrn kennenzulernen, der sich erdreistet hat, meinen ehrlichen Namen zu mißbrauchen. Das bin ich meinem Vater schuldig. Er war Beamter!«

Der Kommissar ging um den Schreibtisch herum und reichte allen die Hand. »Die Sache kompliziert sich«, meinte er. »Wer hat die Miniatur gestohlen?«

»Ich weiß es nicht«, sagte Papa Külz. »Aber ich wette einen halben Ochsen gegen ein Veilchenbukett, daß es unser junger Mann nicht war!« Er reichte, galant wie ein Brautführer, Irene Trübner den Arm. »So, und jetzt fahre ich schleunigst heim. Die Familie und die Emilie warten schon!«

Das sechzehnte Kapitel
Die Ankunft in Berlin

Der junge Mann, der sich in den letzten Tagen Rudi Struve genannt hatte, ohne so zu heißen, war mittlerweile in seiner Wohnung angekommen. Diese Wohnung war klein und befand sich im vierten Stock des Hauses Kantstraße 177. Auf dem Messingschild, das an der Flurtür angebracht war, stand: Joachim Seiler.

Herr Seiler schloß die Tür von innen ab, legte die Sicherheitskette vor und ging in das Zimmer, das am Ende der Diele lag. Neben der geräumigen Couch stand ein niedriger Tisch. Der junge Mann holte ein Päckchen aus der inneren Jackettasche und legte es behutsam auf die polierte Tischplatte. Dann ging er in die Diele zurück, hängte an der Garderobe Hut und Mantel auf und verfügte sich ins Badezimmer, um sich zu säubern.

Er war hundemüde. Und das war kein Wunder. Als er nach der Fahrt durch Mecklenburg und die Mark Brandenburg sein Leihauto gemäß der Abrede in der Garage von Kienast am Stettiner Bahnhof ablieferte, war ihm aufgefallen, daß ihn einige auf der Straße lungernde Gestalten außerordentlich neugierig musterten. Er war eiligst in ein Taxi gesprungen und davongefahren.

Trotzdem gab er sich keinem Zweifel hin. Man war ihm bestimmt gefolgt und wußte also, wo er wohnte! Man wartete wohl nur noch auf den Herrn mit dem weißen Bart und der dunklen Brille, um zum Generalangriff überzugehen.

Herr Joachim Seiler betrachtete das Gesicht, das ihm aus dem Badezimmerspiegel entgegensah, nickte sich selber gedankenvoll zu und sagte: »Das Leben ist eines der schwersten.« Hierauf bürstete er den Scheitel und ging ins Arbeitszimmer. Es grenzte an den Raum, in dem, auf einem niedrigen Tisch, das Päckchen lag.

Er öffnete das Fenster, beugte sich hinaus und schaute auf die Straße hinunter. Vom vierten Stock aus wirkt die Welt fast so klein, wie sie ist. Erst konnte er niemanden entdecken, der ihm besonders mißfallen hätte. Nach längerem Suchen aber bemerkte er auf der anderen Straßenseite, in der Toreinfahrt neben dem Café Hofmann, zwei Männer, die zu seinem Fenster emporblickten. Als sie sich von ihm beobachtet fühlten, senkten sie die Köpfe und taten unbeteiligt.

Joachim Seiler pfiff vor sich hin. Der Text zu der Melodie, die er pfiff, hieß: »Grüß euch Gott, alle miteinander!«

Dann schloß er das Fenster und sah die Post durch, die ihm seine Aufwartefrau auf den Schreibtisch gelegt hatte.

Frau Emilie Külz stand – dick und behäbig – im Laden und verkaufte, wie seit dreißig Jahren so auch heute, Fleisch- und Wurstwaren.

»Ist der Meister noch nicht zurück?« fragte die Kundin, die bedient wurde. Frau Külz schüttelte den Kopf. »Noch nicht. Aber er schickt jeden Tag eine Ansichtskarte. Ich gönn' es meinem Oskar von Herzen, daß er sich einmal in der Welt umschaut. Er mußte dringend ausspannen. Natürlich wollte er mich unbedingt mitnehmen! Aber einer von uns muß ja im Laden bleiben.« Ihr fiel das Lügen nicht leicht. Aber was ging die Kundschaft der Konflikt im Hause Külz an? Hauptsache, daß die Wurst gut war.

»Wo steckt er denn jetzt, der Gatte?«

»In Warnemünde. Gestern rief er sogar an!« (»Endlich ein wahres Wort«, dachte Frau Külz.) »Die Reise durch Dänemark war ziemlich anstrengend. Oskar ist das Reisen nicht gewöhnt. Und nun ruht er sich an der Ostsee noch ein bißchen aus.«

»Recht hat er«, meinte die Kundin. »Badet er oft?«

»Wieso?«

»Salzwasser zehrt und macht kolossal nervös.«

»Ich glaube nicht, daß er badet«, sagte die Fleischersfrau. »Er hat gar keine Badehose.«

»Dann allerdings«, entgegnete die Kundin und brach feinfühlig das Thema ab. »Geben Sie mir noch drei schöne Kalbskoteletts. Nicht zu dick.«

»Soll ich sie klopfen?«

»Ich bitte drum.« Die Kundin betrachtete, indes Frau Emilie Külz die Koteletts vom Kotelettstück abschnitt und den Knochen durchhackte, die auf den Glastafeln überm Ladentisch zur Schau gestellten Würste.

Da öffnete sich die Tür der Ladenstube, und Fleischermeister Oskar Külz erschien! Er hatte eine blütenweiße, frischgestärkte Schürze umgebunden, nickte seiner teueren Gattin zu und begrüßte die Kundin.

Diese rief: »Ich denke, Sie sind an der See?«

»Gewesen«, erwiderte er. »Alles hat ein Ende, nur die Wurst hat zwei!« Zu seiner Frau sagte er: »Obacht, Emilie! Du sollst bloß die Koteletts klopfen, nicht dein Patschhändchen!« Er trat zum Hackstock und nahm ihr das Beil weg. »Laß mich mal! Und schau dir inzwischen an, was ich dir von meiner Weltreise mitgebracht habe!«

Die Fleischersfrau verschwand verdutzt in der Ladenstube.

Der heimgekehrte Meister klopfte die Koteletts, wickelte sie ein und unterhielt hierbei die Kundin. »So eine Reise hat's in sich, Frau Brückner. Da erlebt man in einer Woche mehr als sonst im ganzen Jahr.«

»Ja, ja«, meinte die Kundin. »Wenn einer eine Reise tut, dann kann er was erzählen.«

»Nee«, sagte Külz. »Das kann er nun wieder

nicht! Bevor's nicht in der Zeitung steht, muß er den Schnabel halten. Wie wär's mit frischem Fleischsalat? Oder mit einem Viertel Rollschinken? Der schmeckt wie Marzipan.«

»Ein Viertel Zungenwurst!«

»Ist auch sehr zu empfehlen«, sagte der Meister, schnitt ein Stück Wurst ab, wog es und schüttelte den Kopf. Er hatte, ganz gegen seine Gewohnheit, zuviel abgeschnitten. »Darf's für einen Sechser mehr sein? Ich bin aus der Übung gekommen. Das hat man davon, wenn man nach dreißig Jahren zum ersten Male Ferien macht!«

Die Kundin zeigte sich einverstanden.

Er wickelte die Einkäufe zusammen, rechnete aus, was zu zahlen war, steckte den Bleistift hinters rechte Ohr, kassierte, gab Geld zurück und sagte: »Bitte, beehren Sie uns bald wieder!«

Frau Brückner ging. Die Ladenglocke bimmelte. Herr Oskar Külz trat in die Ladenstube.

Seine Frau saß auf dem Ledersofa und blickte ihm leise grollend entgegen.

»Na, nun weine mal nicht«, brummte er. »Ich hielt's ganz einfach nicht mehr aus.«

»Warum hast du mir kein Wort davon gesagt? Ich und die Kinder, wir sind vor Angst fast gestorben. Uns zu erzählen, du führst nach Bernau!«

»Vielleicht wollte ich wirklich nach Bernau«, meinte er nachdenklich. »Das heißt, das ist nur so meine Theorie.«

»Theorie?« fragte sie.

»Na ja. Theorie ist ein Fremdwort für faule Ausreden. Es klingt besser.« Er lachte.

»Du Gauner«, sagte sie und lächelte. Das ganze Leben lang war's so gewesen: Wenn ihr Oskar lachte, dann mußte sie lächeln. Allerdings, viel zu lachen hatte er nicht gehabt. Und das war wohl ihre Schuld.

»Was machen die Beine?« fragte er.

»Das alte Lied. Am Montag mußte ich mich wieder einmal legen. Da kam Hedwig herüber und half.«

»Ein braves Kind«, meinte er.

»Ja. Sie hat mir Ameisenspiritus mitgebracht. Zum Einreiben. Das hat gutgetan.« Sie sah sich um. »Wo ist denn übrigens das Andenken?«

»Du sitzt drunter.«

Sie drehte sich zur Wand und erblickte überm Ledersofa, an einem Nagel hängend, die Miniatur Holbeins des Jüngeren.

»Es ist nicht das echte Bild«, sagte er. »Sondern nur eine Kopie. Das echte kostet eine halbe Million und ist verschwunden. Aber das erzähl ich dir später.«

Frau Emilie Külz musterte Ann Boleyn sehr kritisch. »Ein gemaltes Frauenzimmer!« stellte sie fest. »Noch dazu tief ausgeschnitten!«

»Du verstehst eben nichts von Kunst«, sagte er.

»Nein«, antwortete sie. »Eine Tafel Schokolade wäre mir lieber gewesen.«

An Herrn Joachim Seilers Wohnungstür wurde geklopft. Geklingelt. Geklopft. Mit Fäusten geklopft.

»Ich komme ja schon!« rief der junge Mann. »Eile mit Weile!« Er durchschritt die Diele und blickte durch das Guckloch in der Tür. Der Treppenabsatz draußen war mit entschlossen dreinblickenden Männern angefüllt.

»Wer ist da?« fragte er.

»Kriminalpolizei! Aufmachen!«

»Sofort!« antwortete der junge Mann, schob die Sicherheitskette aus ihrem Scharnier heraus, schloß die Tür auf und öffnete sie einen Spalt breit. »Bitteschön?«

Einer der Beamten zeigte ihm eine metallne Marke. »Kriminalpolizei! Sie stehen in dem dringenden Verdacht, eine Holbein-Miniatur, die Herr Steinhövel in Kopenhagen ersteigert hat, gestohlen zu haben.«

Ein andrer der ernsten Männer stellte einen Fuß in die Wohnung, damit Seiler die Tür nicht zuschlagen konnte. Und ein dritter sagte dumpf: »Haussuchung!«

»Da kann man nichts machen«, meinte der Wohnungsinhaber. »Ich habe allerdings keine blasse Ahnung, was Sie von mir wollen. Aber ich will Sie an der Ausübung Ihrer Pflicht nicht hindern.«

»Können Sie auch gar nicht«, knurrte einer der vielen Männer und trat ein.

Die Diele füllte sich mit etwa anderthalb Dutzend Personen. Jemand öffnete kurzerhand die Tür zum hintern Zimmer, blickte hinein und schrie plötzlich: »Da liegt ja das Päckchen!« Er rannte auf den Tisch zu.

Seine Kollegen folgten ihm hastig.

Einen Augenblick lang stand Herr Joachim Seiler allein in der Diele. Eine halbe Sekunde später stürzte er zur Zimmertür, schlug sie krachend zu und drehte den Schlüssel zweimal herum!

Dann lief er ins Arbeitszimmer. Zum Telefon. Hob den Hörer ab, stellte die Verbindung mit dem Überfallkommando her und sagte leise: »Hier Kantstraße 177. Vorderhaus, vier Treppen. Jawohl. Kommen Sie sofort! Es ist sehr dringend. Zwei Dutzend Beamte dürften nötig sein. Mindestens!« Er hängte ein, ging in die Diele und setzte vor dem Garderobenspiegel seinen Hut auf.

Die Kriminalbeamten, die er eingeschlossen hatte, trommelten wütend gegen die Tür. »Machen Sie sofort auf!« wurde gebrüllt. »Unglaublich! Die Polizei einzusperren! Öffnen Sie! Das werden Sie noch bereuen!«

Der junge Mann erwiderte nichts. Er verließ auf Zehenspitzen seine Wohnung und schloß von draußen sorgfältig ab. Dann fuhr er mit dem Lift bis ins Erdgeschoß und läutete beim Portier.

»'n Tag, Herr Seiler«, sagte der Portier. »Was

soll's denn sein? Tropft die Wasserleitung? Oder ist eine Sicherung durchgebrannt?«

»Nein, Herr Stiebel«, meinte der junge Mann und drückte dem Hauswart einen Schlüsselbund in die schwielige Rechte. »In wenigen Minuten wird das Überfallkommando vorfahren. Seien Sie so nett, und geben Sie den Beamten meine Schlüssel, ja? Sie sollen das hinterste Zimmer beaugenscheinigen. Aber nicht ohne Schußwaffen!«

Stiebel, der Portier, sperrte Mund und Nase auf.

»Und noch eins«, bat Herr Seiler. »Achten Sie darauf, daß man Ihnen die Schlüssel zurückgibt. Ich habe keine Lust, im Hotel zu übernachten.«

Weg war er!

Stiebel steckte die Schlüssel ein und wußte nicht, was er von dem Gespräch mit dem Mieter aus der vierten Etage halten sollte. »Es ist ein Elend«, murmelte er endlich. »So jung, und schon so verrückt.«

Aber er blieb doch vorsichtshalber im Hausflur und harrte der Dinge, die eventuell kommen sollten.

Vor einer Berliner Tiergartenvilla fuhr ein großes elegantes Automobil vor. Der Chauffeur stieg aus und riß den Wagenschlag auf. Ein kleiner, zierlicher alter Herr ließ sich heraushelfen und nickte dem Chauffeur freundlich zu. Dann sagte er: »Ich brauche Sie noch. Warten Sie hier!«

Der Chauffeur salutierte.

Der zierliche Herr schritt auf die Villa zu.

Ein Diener eilte die Treppen herunter, öffnete das Tor und verbeugte sich.

»Alles in Ordnung?« fragte der Herr.

»Jawohl, Herr Steinhövel«, sagte der Diener. »Und Fräulein Trübner ist in der Bibliothek.«

Herr Steinhövel nickte und stieg langsam die Freitreppe empor. In der Halle nahm ihm der Diener Hut und Mantel ab. Dann ging der zierliche alte Herr durch die Halle und öffnete die Tür, die zur Bibliothek führte.

Irene Trübner, die in einem Stuhl saß, in dem seinerzeit der aufgeklärte Habsburger Josef II. gesessen hatte, sprang verstört auf und begann plötzlich zu weinen, als hätte sie damit seit Tagen gewartet.

»Aber, aber!« sagte Herr Steinhövel erschrocken und blickte zu seiner schlanken Sekretärin empor. »Weinen Sie bitte nicht!«

»Jawohl«, brachte sie eben noch heraus. Dann weinte sie schon wieder.

Er drückte sie sanft in Josefs II. Sorgenstuhl und setzte sich auf ein Taburett, das daneben stand. »Wer konnte denn ahnen, daß es eine ganze Räuberbande auf unseren Holbein abgesehen hatte? Dagegen war kein Kraut gewachsen.«

Sie nickte, schluchzte und war vollkommen aufgelöst.

Herr Steinhövel, der seine Sekretärin bisher nur als energische junge Dame kannte, wußte sich gar nicht zu benehmen. Am liebsten hätte er sein Taschentuch gezogen und ihr die Nase geputzt. Doch das ging ja wohl nicht gut.

»Ich möchte um meine Entlassung bitten«, stammelte sie.

»Aber was soll ich denn ohne Sie anfangen?« fragte er erschrocken. »Nein, mein Kind, das werden Sie mir doch nicht antun! Ich bin ein alter Mann. Ich habe mich an Sie gewöhnt. Nein, ich lasse Sie nicht weg!«

Sie trocknete sich die Augen. »Nein?«

»Unter gar keinen Umständen!« rief er. »Und nun erzählen Sie erst einmal in aller Ruhe, wie die Geschichte vor sich gegangen ist!«

»Vorgestern«, sagte sie, »fing es an. Im Hotel d'Angleterre. Ich saß vorm Hotel und trank Kaffee ...«

Joachim Seiler saß im Vorgarten des Café Hofmann in der Kantstraße, trank ein kleines Pilsner und blickte gespannt zu dem Haus hinüber, in dem er wohnte.

»Tag, Seiler!« sagte jemand. »Du machst heute so einen somnambulen Eindruck. Wo fehlt's denn?«

»Menschenskind, Struve!« rief der junge Mann hocherfreut. »Wir haben uns ja ewig nicht gesehen!«

»Immer diese Übertreibungen!« meinte Rudi Struve. »Am vorigen Freitag haben wir hier noch beim Schach remis gemacht. Wenn die Ewigkeit nicht länger dauert, ist übermorgen der Jüngste Tag.« Er setzte sich. »Wo warst du denn inzwischen?«

»Ich hatte viel Arbeit«, erwiderte Seiler. »Und du? Ist die c-Moll-Symphonie fertig?«

»Nicht ganz«, erklärte der Komponist und fuhr sich durch die blonde Mähne. »Mir fiel mal wieder nichts ein. Wie gewöhnlich. Und da fuhr ich nach Bautzen.«

»Wozu ausgerechnet nach Bautzen?«

»Wegen einer alten Flamme. Sie ist dort am Theater. Aber sie hatte gerade keine Zeit.«

»Aha!« sagte Seiler.

»Erraten«, entgegnete Struve. »Und heute früh wurde ich von der Kriminalpolizei abgeholt! Was sagst du dazu?«

»Nein! Ist das dein Ernst?«

»Ja. Und was glaubst du, was ich verbrochen habe? Ich war erstens gar nicht in Bautzen, sondern in Kopenhagen! So fängt's an. Außerdem habe ich gar keine alte Flamme von mir besuchen wollen. Sondern ich habe das Bild einer englischen Königin geklaut. Jawohl!«

»Wenn das alles stimmte«, sagte Joachim Seiler, »dann säßest du ja jetzt wohl nicht hier, sondern wärest besser aufgehoben.«

Der kleine dicke Komponist fuchtelte drohend mit dem Arm. »Ein Hochstapler hat sich meinen Namen zugelegt. Ist das nicht unglaublich?«

»Unglaublich«, meinte Seiler und blickte angelegentlich zu seinem Haus hinüber.

»Wenn ich den Kerl erwische!« rief Herr Struve. »Den hacke ich in kleine Würfel!«

»Recht geschieht ihm«, pflichtete der Freund bei.

»Glücklicherweise«, erzählte der erregte Komponist, »wurde ich einem jungen Mädchen und einem alten Mann mit einem Schnauzbart vorgeführt. Er sah aus wie Adamson. Nur viel größer und breiter. Und die beiden lachten, als sie mich sahen! Das war meine Rettung!«

»Wie fandest du die junge Dame?« fragte Seiler. »War sie hübsch?«

»Sehr hübsch. Aber was ändert das an der Situation?«

Der andere wurde der Antwort auf die nur allzu berechtigte Frage enthoben.

Denn auf der anderen Straßenseite hielten zwei große Überfallautos. Viele Polizisten sprangen aus den Wagen und stürzten in ein Haustor hinein.

»Das ist doch das Haus, in dem du wohnst?« fragte Rudi Struve.

»Ganz recht!«

Passanten blieben stehen. Ladenbesitzer traten auf die Straße hinaus. Bewohner der umliegenden

Häuser blickten aus den Fenstern. Der Auflauf wurde von Minute zu Minute größer. Wildfremde Menschen kamen miteinander ins Gespräch. Neugierde und Angst machten die diesige Sommerluft noch drückender, als sie schon war.

»Ich scheine heute meinen kriminellen Tag zu haben«, stellte der Komponist trübselig fest. »Seit wann wohnen in deinem Hause Verbrecher?«

Der andere schwieg und ließ kein Auge von dem Haustor.

Struve zuckte die Achseln. »Man sollte doch endlich aufs Land ziehen. Zurück zur Natur, was? Schafherden, Gänseblümchen und einfältige, unverdorbene Menschen um sich herum!«

»Auf nach Bautzen!« sagte Joachim Seiler. »An den Busen der Natur, oder wie deine Bautzener Bekannte sonst heißt!«

»Es ist mein voller Ernst. Die Zivilisation ist der Tod der Kunst.«

»Drückeberger! Die Tatsache, daß dir nichts einfällt, ist doch noch kein Grund, die Geschichte zu bemühen«, erklärte Joachim Seiler.

Die Menge, die sich vor dem Hause Kantstraße 177 gestaut hatte, geriet in Bewegung. Sie machte den Polizisten Platz, die aus dem Tor herauskamen und etwa zwanzig ernst aussehende Männer eskortierten, die man paarweise mit Handschellen aneinander befestigt hatte.

Die Gefangenen wurden auf die beiden Überfallwagen geschoben. Die Polizisten kletterten hinterdrein. Die Autobusse fuhren davon.

Und langsam zerstreute sich die Menge.

Das siebzehnte Kapitel
Erstens kommt es anders ...

Einer der Kellner, der über die Straße gerannt war, um Näheres zu erfahren, kam zurück und wollte ans Büfett, um seine Neuigkeiten auszukramen. Der Komponist Struve hielt ihn am Frackärmel fest. »Was war denn los, Herr Ober?«

»Da hat sich eine Einbrecherbande von einem Keller des Hauses 178 aus in die 177 durchgebuddelt! Der Portier hat ein Geräusch gehört und die Polizei alarmiert. Und als die Einbrecher durch das Loch in der Kellerwand gekrochen kamen, wurden sie, immer hübsch einer nach dem andern, vom Überfallkommando festgenommen.«

»Was wollte denn die Bande in der 177?« fragte Rudi Struve.

»Wenn man das wüßte!« meinte der Ober.

Joachim Seiler lachte. »Vielleicht wollten sie in dem Papiergeschäft ein paar Ansichtskarten kaufen.«

»Ich verstehe das nicht.« Struve schüttelte die Komponistenmähne. »Wozu in aller Welt haben sie sich von dem einen Keller in den andren durchgegraben! Dann konnten sie doch genau so gut direkt in die 177 gehen! Warum denn erst ins Nachbarhaus?«

»Vielleicht war ihnen der gerade Weg zu einfach«, erwog Seiler. »Es gibt eigensinnige Menschen.«

Der Ober wußte es besser. »Wenn sie gleich in die 177 hineingegangen wären, hätte man sie doch entdeckt.«

»So hingegen sind sie der Polizei rechtzeitig entschlüpft«, sagte Seiler.

»Natürlich«, sagte der Kellner. Dann stutzte er. »Man hat sie ja trotzdem erwischt!« Er überlegte eine Weile. »Da soll sich nun ein Mensch hineinfinden! Aber das mit dem Keller muß stimmen.«

»Weshalb denn?«

»Die Einbrecher sahen mächtig ramponiert aus. Mit Kalkflecken auf den Anzügen. Wie die Tapezierer. Von nichts wird nichts.«

Der junge Mann hörte das nicht gern. »Meine Wohnung wird gut ausschaun«, dachte er resigniert. »Ein Glück, daß ich jetzt nicht nachsehen kann.«

Der Kellner verschwand im Innern des Cafés, kam aber sofort wieder heraus. »Ein Brief für Herrn Seiler. Er ist in diesem Augenblick abgegeben worden.«

Seiler riß das Kuvert auf. Das Schreiben lautete:

»WIR HÄTTEN EINANDER FRÜHER BEGEGNEN SOLLEN. UND NICHT ALS KONKURRENTEN, SONDERN ALS KOMPAGNONS. VIELLEICHT EIN ANDRES MAL.

DIESMAL WAREN SIE MIR ÜBER. MEINEN RESPEKT.«

Der junge Mann steckte den Brief ein und sah sich um. Er suchte einen Herrn mit weißem Bart und dunkler Brille. Vergebens.

Er lief ins Café hinein. »Fräulein«, rief er am Büfett. »Wer hat den Brief abgegeben?«

»Ein großer älterer Herr.«

»Mit weißem Bart?«

»Nein. Glattrasiert.«

»Natürlich!« rief Seiler.

»Der Herr sah wie ein Gelehrter aus«, meinte das Büfettfräulein.

»Den Mann hätten Sie sehen sollen, als er noch einen Bart umhatte! Da sah er wie eine ganze Universität aus!« Seiler rannte in den Vorgarten und setzte sich wieder neben Struve, der auf der Marmortischplatte komponierte. Er hatte mit einem kleinen Bleistift fünf parallele Linien gezogen und tupfte einen Notenkopf neben den andern.

Seiler blickte mißmutig auf die Straße. Plötzlich zuckte er wie elektrisiert zusammen und umklammerte Struves Arm.

»Stör mich nicht!« knurrte der andere. Er pfiff das Thema, das er notiert hatte, sanft und leise vor sich hin. Er glich einem Kind auf dem Spielplatz.

»Mensch!« Seiler rüttelte den Tondichter. »Siehst du dort den eleganten Herrn im Taxi?«

»Hinter dem Möbelwagen? Neben der Straßenbahn?«

»Ja. Das Taxi kann nicht vorbei. Wir haben Glück. Hör zu, mein Junge! Wenn du diesen Herrn wohlbehalten am Alex ablieferst, kriegst du von mir einen Kuß auf die Stirn.«

»Laß das!«

»Tu mir den Gefallen, Rudi!«

»Ich kann doch nicht einen mir völlig fremden Herrn verhaften lassen!«

»Er ist der Anführer der Diebsbande!«

»Wenn dich das interessiert, dann fang ihn dir gefälligst selber!«

»Ich habe keine Zeit«, sagte Seiler. »Rudi, los! Ich erzähle dir dann auch, wer sich in Kopenhagen als Herr Struve herumgetrieben hat!«

Der Komponist wurde lebendig. »Der unter meinem Namen gemaust hat?«

»Eben dieser!« Seiler faltete die Hände. »Nun mach doch schon, daß du fortkommst! Der Möbelwagen kann jede Sekunde ausweichen! Dann ist der Kerl weg!«

»Woher kennst du den falschen Struve?«

Seiler beugte sich vor und flüsterte dem Freund etwas ins Ohr. (Er flüsterte es, damit die Leser noch nicht erfahren, was er sagte).

»Aha. Und du zeigst mir dann meinen Doppelgänger?« Struve zappelte.

»Ja doch!«

»So nahe, daß ich ihm eine kleben kann?«

»Noch näher! Nun schere dich aber fort. Und merke dir die Autonummer!«

»Furioso in Oktaven!« rief Struve, stülpte sich den Hut auf die Mähne, winkte einem leerfahrenden Taxi und begab sich auf die wilde Jagd.

Seiler zahlte dem Kellner und ging zur nächsten Straßenecke, wo Taxen warteten. Er setzte sich in den ersten Wagen und sagte zum Chauffeur: »Yorckstraße, Ecke Belle-Alliance-Straße. Es eilt! Umwege können Sie sich ersparen. Ich kenne den Weg.«

Irene Trübner hatte ihre Erzählung beendet. Sie hatte nichts hinzugefügt und nur wenig verschwiegen. Nun saß sie stumm im Sorgenstuhl Josefs II. und wartete auf ihr Urteil.

»Bravo!« sagte Herr Steinhövel. »Bravo! Sie haben sich famos benommen. Auf den Einfall, Herrn Külz statt des Originals die Imitation zu geben, können Sie stolz sein. Und warum machen Sie sich wegen des Warnemünder Überfalls Vorwürfe? Liebes Kind, die Miniatur wäre Ihnen in dem stockdunklen Lokal auf jeden Fall geraubt worden! So oder so. Wenn nicht von dem falschen Struve, dann um so sicherer von der Bande. Der Holbein ist verschwunden. Ich bin trotzdem mit Ihnen zufrieden.«

»Sie sind sehr gütig, Herr Steinhövel.«

»Gütig?« fragte der alte zierliche Herr erstaunt.

»Ich bemühe mich, gerecht zu sein. Einem alten Mann fällt das nicht allzu schwer.«

Das Telefon läutete.

Herr Steinhövel erhob sich und ging zum Apparat. Er hob den Hörer ab. Nach kurzer Zeit leuchtete sein faltiges Gesicht auf. »Tatsächlich?« rief er. »Das ist ja wunderbar! Wir kommen!« Er legte den Hörer wieder auf und wandte sich um. »Was sagen Sie dazu? Die Miniatur befindet sich auf dem Polizeipräsidium!«

Irene Trübner fragte heiser: »Und Herr Struve? Ich meine, der falsche Struve? Der auch?«

»Nein. Die Bande!«

»Aber die hat doch den Holbein gar nicht gestohlen!«

»Vielleicht doch? Bald werden wir mehr wissen«, sagte der alte Sammler und klatschte in die Hände. »Marsch, marsch! Kommen Sie, mein Kind!« Er öffnete die Tür zur Halle.

Der Diener erschien.

»Hut und Mantel!« rief Herr Steinhövel.

Kaum war Fleischermeister Külz auf den Autobus geklettert, der vor seinem Hause hielt, als ein schlanker junger Mann das Geschäft betrat.

Frau Emilie Külz kam aus der Ladenstube heraus. »Was darf's sein?«

Der Herr zog höflich den Hut und wollte den Meister sprechen.

»Wir kaufen nichts«, sagte Frau Külz.

Der junge Mann lachte. »Aber ich will Ihnen gar nichts verkaufen!«

»Dann entschuldigen Sie«, erwiderte Frau Külz. »Wenn jemand den Meister sprechen will, ist es stets ein Geschäftsreisender.«

»Ich bin keiner. Seien Sie so freundlich, und rufen Sie Ihren Gatten. Wir sind Bekannte.« Er lüftete den Hut zum zweiten Mal und nannte irgendeinen Namen. Er murmelte ihn derartig, daß er ihn selber nicht verstand.

»Zu dumm«, meinte sie. »Mein Mann ist in dieser Minute aus dem Haus. Kann ich ihm etwas ausrichten?«

Der junge Mann wiegte unschlüssig den Kopf. »Schwer zu machen. Es gibt Dinge, die man am besten nur dem erzählt, den sie angehen. Hab ich recht?«

»Kann schon sein«, gab sie zu.

»Wird er lange ausbleiben?«

»Wenn ich das wüßte! Er wurde vor fünf Minuten angerufen.« Sie zögerte weiterzusprechen.

»Von der Polizei?«

Frau Külz sah den jungen Mann überrascht an.

»Ich war bei dem Überfall in Warnemünde dabei. Das war ein Theater! Hat er Ihnen davon erzählt?«

Sie nickte.

»Und nun«, fuhr der junge Mann fort, »nun habe

ich etwas erfahren, was damit eng zusammenhängt und Ihren Gatten außerordentlich interessieren wird.«

»Rufen Sie ihn doch an!« riet Frau Külz. »Er ist im Polizeipräsidium auf dem Alexanderplatz. Das Telefon steht in der Ladenstube.« Sie zeigte mit dem Daumen hinter sich.

»Ach nein«, sagte der junge Mann. »Telefone haben manchmal zwei Ohren. Es wird das beste sein, ich komme nach Mittag noch einmal vorbei.«

Als Frau Külz keine Anstalten traf, ihm spontan zu widersprechen, meinte er bekümmert: »Hoffentlich ist's dann nicht zu spät.«

Die Fleischersfrau besann sich. »Wissen Sie was? Wenn's Ihnen nichts ausmacht, können Sie ja hier auf meinen Mann warten! Falls es Ihre Zeit erlaubt.«

Der junge Mann zog die Uhr und betrachtete nachdenklich deren Zifferblatt. »Ich habe zwar noch allerlei zu erledigen. Aber eine Stunde kann ich drangeben.«

»Das ist recht«, sagte Frau Külz. Sie bugsierte ihn hinter den Ladentisch und öffnete die Tür zur Ladenstube. »Hier sieht's ziemlich bunt aus. Unsre eigentliche Wohnung liegt im ersten Stock.«

»Ich finde es reizend«, erklärte der junge Mann.

»Na, na. Aber was soll man machen? Man kann ja nicht dauernd im Laden stehen und auf die

Kundschaft lauern, die nicht kommt. Seit ich's mit den Beinen habe, schon gar nicht!«

Er setzte sich und ließ sich eingehend über das Beinleiden von Frau Külz informieren. Sie ersparte ihm nichts. Als sie allzu sehr ins Detail geriet, unterbrach er sie und sagte, ob jemand Geburtstag habe. »Es riecht nach selbstgebackenem Kuchen!«

Sie lächelte zufrieden. »Es ist wegen Oskar. Ich habe schnell einen Kirschkuchen gebacken. Weil er wieder daheim ist. Und da kommen nun heute abend unsere sämtlichen Kinder und Schwiegersöhne und Schwiegertöchter. Und die bringen ihre Kinder mit! Es wird eine kleine Feier. Zirka zwanzig Personen.«

»Glück im Winkel!« meinte er und sah sich in der Stube um. »Enorm behaglich haben Sie's hier!« Sein Blick blieb über dem Ledersofa haften.

»Das hat er mir aus Kopenhagen mitgebracht«, erzählte sie. »Ich finde das Bild ordinär. So zieht man sich als anständige Frau nicht an. So teuer sind die Stoffe nicht, daß man so sparsam damit sein müßte! Echt ist das Bild auch nicht.«

Dann wandte sich der junge Mann mit Interesse den gerahmten Familienfotografien zu, die Ann Boleyn umgaben.

Die Fleischersfrau bombardierte ihn mit den Vornamen der Fotografierten. Die Külzsche Verwandtschaft schlug über seinem Kopf zusammen.

Da erklang die Ladenglocke.

»Kundschaft«, sagte Frau Külz. »Ich muß hinaus. Hoffentlich langweilen Sie sich nicht!«

Er griff nach einem Blatt, das auf dem Tisch lag. Es war die ›Allgemeine Fleischerzeitung‹. »Ich werde mir die Zeit schon vertreiben!«

»Tun Sie, als wenn Sie zu Hause wären«, schlug sie vor.

»Das soll ein Wort sein«, meinte er.

Sie strich die weißgestärkte Schürze glatt und verschwand im Laden.

Herr Steinhövel, Irene Trübner und Fleischermeister Külz wurden von einem Oberwachtmeister in das Zimmer des Kommissars geleitet. – Der Raum war mit Menschen überfüllt. Fast zwei Dutzend ernst dreinblickender Männer standen an den Wänden. Die Männer waren paarweise gefesselt.

Der Kommissar begrüßte die drei neuen Besucher. Er war vorzüglicher Laune. »Seien Sie nachsichtig«, bat er. »Ich habe Gäste. Aber ich wollte die Herren nicht abführen lassen, ehe ich sie Ihnen gezeigt habe.« Er wandte sich an Fräulein Trübner und an Herrn Külz. »Die Welt ist klein. Es sollte mich wundern, wenn sie keine Bekannten fänden.«

Fräulein Trübner hielt sich zurück. Oskar Külz hingegen stellte sich breitbeinig vor die Banditen und unterzog sie dem näheren Augenschein. Da war zunächst Herrn Philipp Achtels Schnapsvisage mit der funkelroten Nase. Da war ferner der kleine

Herr Storm mit den verrutschten, abstehenden Ohren. Da war der unangenehme Mensch aus der Ecke des Eisenbahncoupés, der erklärt hatte, auf dem dänischen Trajekt gäbe es eine zweite Zollkontrolle. Da war auch der falsche Zollbeamte selber! Und noch etliche andere Reisegefährten erkannte Herr Külz wieder. Er drehte sich zum Schreibtisch um und sagte: »Herr Kommissar, die Welt ist wirklich klein! Es tut mir leid, daß ich die Leute gerade hier wiedersehen muß. Ich hätte sie lieber im Wald getroffen. Da kann man mehr aus sich herausgehen.«

»Aber lieber Freund!« sagte Storm. »Wie reden Sie denn mit uns!«

»Halten Sie den Mund!« brummte der Wachtmeister.

Külz trat einen Schritt zurück. »Warum soll ich den Mund halten?« fragte er empört.

»Sie doch nicht!« bemerkte Herr Philipp Achtel. »Der Staatsbeamte meint ja uns!«

»Abführen!« befahl der Kommissar.

»Endlich«, sagte Karsten. »Wir sind ja schließlich nicht im Panoptikum!«

»Hinaus!« rief der Kommissar.

Die Tür öffnete sich. Und die »Rostocker Skatbrüder« wurden ins Untersuchungsgefängnis geschafft.

Der Kommissar öffnete ein Fenster und holte tief Atem. Dann kehrte er zu seinem Schreibtisch zurück und überreichte Herrn Steinhövel ein Päckchen. »Ich freue mich«, sagte er feierlich, »Ihnen so bald die geraubte Miniatur zurückerstatten zu können. Wer schnell gibt, gibt doppelt.«

Der alte Sammler nahm das kostbare Päckchen gerührt in Empfang. »Schönen Dank, Herr Kommissar!« Er wickelte das Päckchen aus. Es kam ein Holzkästchen zum Vorschein. »Können Sie uns plausibel machen, wie der Holbein in die Hände dieser Bande gefallen ist? Wir nahmen doch an, das Päckchen sei von dem jungen Mann gestohlen worden, der sich zu Unrecht Rudi Struve nannte.«

Der Kommissar zuckte verlegen die Achseln. »Das Überfallkommando wurde vor etwa anderthalb Stunden in die Kantstraße gerufen. Man fand die Bande in der eindeutig bezeichneten Wohnung. Der Wohnungsinhaber hatte die Leute in einem seiner Zimmer eingeschlossen und ist seitdem spurlos verschwunden.«

»Großartig«, behauptete Herr Steinhövel. »Und dieser patente Wohnungsinhaber ist vermutlich der falsche Struve? Oder?« Er öffnete das Holzkästchen.

»Sie mögen recht haben«, sagte der Kommissar. »Der Mieter heißt allerdings Joachim Seiler. Ob er der falsche Struve ist, wissen wir noch nicht. Aber es wird nachgeforscht.«

»Ich verstehe es nicht«, erklärte Irene Trübner. »Wenn dieser Herr Seiler ein Dieb war, hätte er doch die Miniatur aus seiner Wohnung mitnehmen können, nachdem er die Bande eingesperrt hatte!«

»Wenn unser Struve Ihr Seiler ist«, meinte Oskar Külz, »dann wiederhole ich, was ich schon dem Rostocker Kommissar gesagt habe: Unser Struve ist kein Dieb!«

»Und was dann?« fragte der Berliner Kommissar.

Der alte Sammler hatte mittlerweile eine Lupe aus der Tasche gezogen und betrachtete die Miniatur, als sei sie eine Kranke und er der Hausarzt.

Der Kommissar stand auf. »Nun?« fragte er. »Sind Sie mit uns zufrieden?«

Herr Steinhövel lehnte sich in dem Stuhl zurück. »Nicht ganz, Herr Kommissar! Was Sie mir freundlicherweise ausgehändigt haben, ist leider nicht der echte Holbein. Sondern die Imitation!«

Das achtzehnte Kapitel
Die motorisierte Schnitzeljagd

Der Kommissar und seine Besucher saßen minutenlang, ohne ein Wort herauszubringen. Sie starrten einander vollkommen ratlos an und waren vor Schreck gelähmt.

Als erster fand der Kriminalkommissar die Sprache wieder. »Das ist eine Kopie? Irren Sie sich ganz bestimmt nicht, Herr Steinhövel?«

»Ich irre mich nicht«, antwortete der Sammler. »Es gibt, und das ist keine Übertreibung, in ganz Europa niemanden, der sich in diesem Fall so wenig irren könnte wie ich!« Er legte die Holbein-Imitation in das mit Samt gefütterte Holzkästchen zurück und stellte das Kästchen auf den Schreibtisch.

Fleischermeister Külz zerrte aufgeregt an seinem buschigen Schnauzbart. »Das geht ja mit dem Teufel zu! Da rennen wir samt der Polizei hinter einer Bande von Gaunern her, und die Bande hinter einem jungen Mann! Und nun hat der junge Mann statt der echten Miniatur die falsche geklaut!«

»Ich begreif's nicht«, sagte Irene Trübner. »Die Miniatur wurde doch aus meiner Handtasche geraubt! Als in der Tanzdiele das Licht wieder brannte, war doch meine Handtasche leer!«

»Möglicherweise haben Sie sich geirrt«, meinte der Beamte. »Vielleicht hatten Sie vor dem Überfall nicht das Original, sondern die Imitation in der Handtasche?«

»Ausgeschlossen«, erwiderte die junge Dame. »Völlig ausgeschlossen! Die Imitation war ja eben erst von der Bande wiedergebracht worden. Sie lag vor Herrn Külz auf dem Tisch, als es dunkel wurde!«

»Stimmt«, bestätigte der Fleischermeister. »Samt dem unverschämten Brief.«

»Ich stehe vor einem Rätsel«, erklärte der Kommissar. »Herr Steinhövel, ist es möglich, daß mehrere Imitationen existieren?«

»Nein. Das ist unmöglich.«

»Dann«, sagte der Kommissar, »gibt es nur eine Lösung! Wenn nämlich die Miniatur, die wir bis jetzt für die echte hielten, die Kopie ist, dann muß notwendig die andere, die Sie bis jetzt für die Imitation ansahen, das Original sein! Liebes Fräulein Trübner, wo befindet sich augenblicklich die zweite Miniatur?«

Die Lippen des jungen Mädchens waren blaß und zitterten. »Ich habe sie Herrn Külz, weil er so nett zu mir war, geschenkt. Ich dachte, Herr Steinhövel hätte gewiß nichts dagegen.«

Herr Steinhövel zeigte auf das Holzkästchen, das auf dem Schreibtisch stand. »Die wirkliche Kopie wollen wir Herrn Külz von Herzen gern als Andenken verehren. Aber was haben Sie inzwischen mit der Miniatur gemacht, Herr Külz, die Ihnen meine Sekretärin gestern geschenkt hat und die sich nun als das Original herausstellt?«

Der Fleischermeister schlug sich aufs Knie. »Das ist ja ein tolles Ding!« Er lachte schallend.

»Wo ist die Miniatur?« fragte der Kommissar nervös.

»Sie hängt in unserer Ladenstube!« rief Külz vergnügt. »Über dem alten Ledersofa. Neben den Familienfotos!«

Die anderen atmeten erleichtert auf.

»Wenn meine Emilie erfährt, daß bei uns überm Sofa eine halbe Million hängt, schnappt sie über. Wissen Sie, was sie gesagt hat, als sie die Miniatur sah?« Külz machte eine Kunstpause. Dann fuhr er fort: »Sie hat gesagt, eine Tafel Schokolade wäre ihr lieber gewesen!«

Die andern lächelten entgegenkommend.

»Na«, konstatierte der Kommissar. »Da haben wir ja noch einmal Glück gehabt. Ich hatte schon Angst, Herr Külz hätte die halbe Million im Zug liegenlassen.«

»Erlauben Sie«, meinte Külz. »Ein Geschenk von Fräulein Irene läßt man doch nicht liegen! Das wäre ja Sünde!«

»Lieber Herr Külz«, bat der Kommissar, »seien Sie so freundlich und rufen Sie Ihre Gattin an! Sagen Sie ihr, wir schickten umgehend ein paar

Beamte. Denen soll sie das kleine Reiseandenken aushändigen! Wir wollen ihr gern ein paar Tafeln Schokolade als Tauschobjekt mitschicken.«

»Gemacht«, sagte Külz. Er ging zum Telefon. »Aber schicken Sie, wenn ich bitten darf, Zivilisten. Sonst denkt man in der Yorckstraße, die Külze sind unter die Ganoven gegangen.«

»Ganz wie Sie wünschen!«

Der Fleischermeister drehte an der Nummernscheibe und zwinkerte, während er auf Anschluß wartete, Fräulein Trübner zu. »Ja, ja«, meinte er gutgelaunt. »Wenn ihr den Papa Külz nicht hättet!«

Im Apparat meldete sich eine Stimme.

»Hallo!« rief Külz. »Emilie, bist du's? Jawohl, ich bin noch auf dem Präsidium. Nun hör einmal gut zu! Erschrick nicht! Wir wollen nämlich ein paar Kriminalbeamte herumschicken. Nein, nein. Sie wollen dich nicht mitnehmen. Sondern die Miniatur. Die Miniatur! Verstehst du? Wie? Menschenskind, das kleine Bild, das ich dir von der Reise mitgebracht habe! Das über dem Sofa hängt! Hast du mich verstanden? Na also!«

Hierauf hörte man aus dem Apparat eine Weile gar nichts, dann aber eine Flut von Worten.

Herr Oskar Külz stützte sich plötzlich schwer auf den Schreibtisch. Dann legte er geistesabwesend den Hörer hin, stierte den Kommissar und die anderen an und fuhr sich über die Stirn. Er tappte schwerfällig zu seinem Stuhl und sank in sich zusammen.

»Was haben Sie denn?« fragte Fräulein Trübner besorgt.

»Meine Miniatur ist auch weg«, sagte er leise.

Der Kommissar sprang auf. »Was soll das heißen, Herr Külz?«

»Wenn ich das nur wüßte!« sagte der verstörte Fleischermeister. »Ein junger Mann war da und hat mich dringend sprechen wollen. Emilie hat ihn in die Ladenstube geführt. Dort könne er auf mich warten, hat sie gesagt. Dann ist Laufkundschaft gekommen. Meine Frau mußte ins Geschäft. Und als sie wieder in die Stube kam, war der junge Mann nicht mehr da. Sie hat natürlich gedacht, es hat ihm zu lange gedauert, und sich nicht weiter den Kopf zerbrochen. Und erst jetzt, als ich anrief, hat sie gemerkt, daß die Miniatur gar nicht mehr überm Sofa hängt! Der Kerl hat sie ganz einfach vom Nagel geholt und ist durch die Tür, die zum Hausflur führt, verschwunden.«

»Wieder dieser junge Mann!« brüllte der Kommissar außer sich und warf den großen Zimmermannsbleistift wütend in den Papierkorb.

Herr Steinhövel lächelte wehmütig. »Ich bin sonst eigentlich ein Freund von tüchtigen jungen Leuten. Aber dieser junge Mann, muß ich gestehen, ist mir doch ein bißchen zu tüchtig.«

Der Kommissar hob den Kopf. »Er muß nach

dem Warnemünder Überfall gemerkt haben, daß er versehentlich die Kopie gestohlen hatte. Deswegen ließ er die Miniatur, als er die Bande in seiner Wohnung einschloß, gleich mit dort. Ihm war dadurch zweierlei gelungen. Er hatte die Konkurrenten vom Halse. Und außerdem konnte er damit rechnen, daß wir die Kopie eine Zeitlang für das Original halten würden. So hatte er wieder Vorsprung! Er fuhr zu Frau Külz und stahl in aller Seelenruhe das Original, das wertlos und unbeachtet an der Wand hing.«

»Und woher konnte dieser ... dieser junge Mann wissen«, fragte Fräulein Trübner, »daß sich die zweite Miniatur bei Herrn Külz befand? Der junge Mann war doch längst nicht mehr in Warnemünde, als ich Herrn Külz die vermeintliche Kopie schenkte! Das ist doch alles sehr unglaubhaft!«

Der Kommissar winkte den Einwand ab. »Er hat's ganz einfach versucht! Irgendwo mußte die zweite Miniatur ja schließlich sein. Außerdem dürfen Sie das Eine nicht vergessen: Gauner haben oft mehr Glück als anständige Menschen.«

Fleischermeister Külz murmelte: »Immer diese Theorien!« Dann versank er erneut in trübe Gedanken.

»Was meine Sekretärin eingewendet hat«, erklärte Herr Steinhövel, »hat fraglos etwas für sich. Mir scheint, daß wir noch nicht alles wissen.«

»Theorien«, murmelte Papa Külz. »Lauter Theorien.« Plötzlich erhob er sich und trat vor den Sammler hin. »Eins aber stimmt! Die Miniatur ist weg! Herr Steinhövel, ich schulde Ihnen eine halbe Million. Keine Widerrede! Auf der Bank habe ich sechstausend Mark. Sie gehören Ihnen. Außerdem gehört Ihnen mein Geschäft. Es geht nicht schlecht. Die Lage ist gut. Ich ziehe mit meiner Frau zu den Kindern.«

»Um des Himmels willen!« rief der zierliche alte Kunstsammler und hob abwehrend die Hände. »Was soll ich denn mit einer Fleischerei anfangen?«

»Das ist Ihre Sache«, antwortete Külz. »Verkaufen Sie den Laden! Ich habe mein Leben lang keine Schulden gemacht. Dabei soll es bleiben. Ich habe keine Ruhe mehr, solange ich noch einen Hosenknopf besitze, den ich nicht dringend brauche. Alles, was ich habe, gehört ab heute Ihnen. Ein paar Anzüge darf ich vielleicht behalten. Sie würden Ihnen sowieso nicht passen. Wir machen es später schriftlich.« Er setzte sich wieder und holte mit zittrigen Fingern eine Zigarre aus dem Etui.

»Sie sind ja nicht bei Troste!« meinte Herr Steinhövel. »Erstens haben Sie doch geglaubt, die Imitation zu besitzen. Und zweitens bekommen wir ja das Original wieder! Nicht wahr, Herr Kommissar?«

»Selbstverständlich!« behauptete der Beamte unsicher.

»Das glauben Sie doch selber nicht«, sagte Oskar Külz. »Wenn dieser junge Mann wirklich ein Gauner ist, dann sehen Sie Ihren Holbein nie wieder! Darauf können Sie Gift nehmen!«

»Von der Polizei scheinen Sie nicht sehr viel zu halten«, meinte der Kriminalkommissar.

Herr Oskar Külz hörte den Einwurf überhaupt nicht, sondern nickte dem alten Kunstsammler nachdenklich zu. »Wir machen es später schriftlich«, wiederholte er ernst.

Länger als eine Stunde fuhr der Komponist Struve schon hinter dem alten glattrasierten Herrn her! Die beiden Chauffeure hatten sehr bald begriffen, daß es sich um keine Spazierfahrt handelte. Vor allem dem einen Chauffeur wurde das erschreckend klar. Als er nämlich halten wollte, um sich bei seinem Fahrgast zu erkundigen, wozu man ihn ziellos durch Dutzende von Haupt- und Nebenstraßen hetze, bemerkte er im Spiegel, daß der vornehme Herr einen Revolver aus der Tasche zog, die Waffe entsicherte und in nicht mißzuverstehender Weise auf die lederne Chauffeurjoppe anlegte.

In den wichtigsten Situationen des Lebens bedarf es keiner Worte. – Der Chauffeur beschloß, nicht weiter zu fragen und erst recht nicht zu halten. Er trat auf den Gashebel und raste um die nächste Ecke.

In dem Taxi, das dem ersten folgte, ging es etwas gemütlicher zu. Der Komponist Struve fand, nach gründlichem Suchen, einen Bogen Notenpapier. Er zerstückelte den Bogen und bekritzelte die so entstandenen Zettel hastig mit seinem Bleistiftstummel. Auf jedem Zettel stand derselbe Text, und zwar: »Taxi IA 32875 sofort anhalten! Fahrgast gesuchter Verbrecher. In Sachen Holbein-Miniatur!«

Jedem Verkehrspolizisten, den sie passierten, warf Struve einen solchen Zettel zu. Der Schupo am Steinplatz drückte seinen Zettel einer Polizeistreife in die Hand. Die Streife benachrichtigte ihr Revier. Der Revierinspektor fragte beim Polizeipräsidium an. Der zuständige Kommissar gab die nötigen Anweisungen. Und es dauerte nicht lange, so sausten zahlreiche Motorstreifen durch den Berliner Westen und suchten das Taxi IA 32875.

An der Gedächtniskirche fiel Professor Horn das erste dieser Polizei-Motorräder auf. Es hielt an der Rankestraße, und der Beiwagenfahrer zeigte auf das Taxi.

»Fahren Sie zu!« rief Professor Horn.

»Es ist doch rotes Licht«, entgegnete der Chauffeur.

Professor Horn hob den Revolver. Und das Taxi sauste trotz dem roten Licht in die Tauentzienstraße hinein.

Rudi Struve sprang in seinem Wagen auf. »Hinterher!« schrie er außer sich. »Hinterher!«

Die Jagd ging weiter.

Und dicht hinter den zwei Taxis fegte das Motorrad mit den Polizisten.

Die Hupen heulten.

Die Passanten blickten erstaunt hinter der Kavalkade her. Privatwagen beschleunigten das Tempo und versuchten zu folgen. Die Straße war im Taumel.

Vor dem Kaufhaus des Westens stoppte das erste Taxi. Der Fahrgast sprang heraus und rannte mit großen Schritten in das Portal des Warenhauses. Der zweite Chauffeur bremste ebenfalls. »Warten Sie hier!« rief Rudi Struve und folgte dem Flüchtling. Im Portal stieß Struve mit den Polizisten zusammen, die soeben vom Motorrad gestiegen waren. »Kommen Sie!« schrie der Komponist und stürzte sich temperamentvoll mitten in die Woge der Kauflustigen.

Professor Horn war verschwunden.

»Lassen Sie alle Ausgänge absperren!« sagte Struve und eilte der Treppe zu.

Die Besucher hatten sich gerade von dem Kommissar verabschieden wollen, als das Revier Steinplatz anläutete und den Text des Zettels, der das Taxi IA 32875 betraf, durchgab.

Der Kommissar hatte das Notwendige angeordnet. Motorstreifen wurden losgeschickt. Außerdem wurden die Ausfallstraßen der Stadt besetzt. Mehr ließ sich im Moment nicht tun.

Nun saßen die drei Besucher wieder auf ihren Stühlen und blickten ergeben auf das Telefon.

»Vielleicht haben wir Glück«, sagte der Kriminalkommissar, »und erwischen den jungen Mann doch noch!«

»Aber wer um alles in der Welt fährt hinter seinem Taxi her?« fragte der alte Kunstsammler skeptisch. »Wer veranstaltet diese merkwürdige Schnitzeljagd?«

Der Beamte zuckte die Achseln. »Ich habe keine Ahnung. Möglicherweise ist es die Konkurrenz, die ihn uns ans Messer liefert. Vielleicht ist es aber auch einer seiner Komplizen, der uns nur auf eine falsche Spur lenken will. Wer kann das wissen?«

Fleischermeister Külz meinte: »Wie ich den jungen Mann kenne, hat er die Zettel persönlich verteilt. Er nimmt uns ganz einfach wieder einmal auf den Arm! Wenn sie das Taxi erwischen, wird entweder gar kein Fahrgast drinsitzen oder ein völlig harmloser Mensch. – Uns geschieht ja auch ganz recht! Wir haben seinem ehrlichen Gesicht vertraut, und nun präsentiert er uns Hornochsen die Rechnung.« Er nahm seinen Kopf zwischen die großen Hände. »So ein Halunke! Seinetwegen habe ich in zwei Tagen fünf Pfund abgenommen. Sehen Sie sich das an!« Er zog die Weste straff.

»Mindestens fünf Pfund! Und ruiniert hat er mich außerdem!«

Herr Steinhövel lächelte. »Wollen Sie mir denn noch immer Ihre Fleischerei vererben?«

»Mein Geschäft gehört Ihnen«, sagte Papa Külz. »Und mein Bankkonto auch. Machen Sie damit, was Sie wollen! Ich bin mit allem fertig! Ich ziehe mit Emilie zu meinen Kindern und helfe im Laden.«

Das Telefon klingelte.

Sie blickten gespannt auf den Kommissar, der sich meldete. Hatte man das Taxi gefunden? Hatte man den Dieb erwischt?

»Für Sie, Herr Külz«, meinte der Kommissar.

Külz ergriff den Hörer. »Was gibt's?« Plötzlich kriegte er einen roten Schädel, rief »Nein!« und schmiß den Hörer auf die Gabel.

Die anderen schauten ihn neugierig an.

»So etwas Blödes!« sagte er. »Hier geht's um 'ne halbe Million, und meine Frau fragt, ob ich nun bald zum Essen komme!«

Es klopfte.

Ein Wachtmeister trat ins Zimmer und nahm stramme Haltung an. »Ein Brief für Herrn Steinhövel! Wurde soeben abgegeben.«

Der Kunstsammler nahm den Brief in Empfang. Der Wachtmeister zog sich zurück. – Herr Steinhövel öffnete das Kuvert, las das Schreiben und reichte es wortlos dem Kommissar. Der las es auch und gab es an Irene Trübner und Herrn Külz weiter.

»Oha!« rief Oskar Külz. »Die Handschrift kenn ich! Mit dieser Pfote schrieb die Bande dem jungen Mann einen Brief. Auf dem Trajekt. Und später mir, als sie die falsche Miniatur zurückbrachte. In Warnemünde. Gestern nacht.« Er wandte sich an den Beamten. »Aber wieso können die Brüder denn noch Briefe schreiben? Ich denke, Sie haben sie hinter Schloß und Riegel!«

»Wir haben bestimmt nur einen Teil der Bande festgenommen«, meinte der Kommissar.

Irene Trübner nickte. »Der Brief stammt wahrscheinlich von dem Herrn mit dem weißen Bart und der dunklen Brille. Ich hatte immer das Gefühl, daß er der Anführer ist.«

»Und was wollen wir nun tun?« fragte Herr Steinhövel.

Der Kommissar drückte auf eine Klingel. »Wir fahren selbstverständlich hin. Ich werde Zivilbeamte vorausschicken. Die sollen das Haus unauffällig umstellen, ehe wir hineingehen.«

Der Wachtmeister erschien. Der Kommissar erteilte die nötigen Befehle. Dann sagte er: »Kommen Sie! Begeben wir uns in die Höhle des Löwen!«

Sie brachen auf.

Der Brief blieb auf dem Schreibtisch zurück. Er lautete:

»DIE VOM HOLBEINRAUB BETROFFENEN HERRSCHAFTEN WERDEN HIERDURCH HÖFLICH GEBETEN, NACH BEUSTSTRASSE 12A ZU KOMMEN.«

Sämtliche Ein- und Ausgänge vom Kaufhaus des Westens waren abgesperrt. Vor den Toren standen Schupos und hielten dem Ansturm der Passanten stand. Hinter den Toren standen gleichfalls Schupos. Sie beschwichtigten die gegen sie andrängende Menschenmenge, die aus dem Warenhaus herauswollte. Es war ein Krach, wie im Zoo vor der Fütterung.

Der Komponist Struve raste, von mehreren Beamten gefolgt, über alle vorhandenen Treppen, durch alle Korridore, Gänge und Lager. Die Abteilungschefs durchstöberten mit ihren Angestellten sämtliche Winkel und Schränke. Sie leuchteten mit Taschenlampen unter die Ladentische. Sie blickten hinter alle Vorhänge. Die Fahrstühle waren stillgelegt worden. Die Liftboys und die Packer stiegen in die Keller und ließen kein Brett auf dem andern.

Professor Horn war und blieb verschwunden!

Die im Warenhaus eingesperrten Menschen wurden immer unruhiger. Und die Schupos, die Herrn Rudolf Struve begleiteten, wurden immer müder und warfen dem kleinen dicken Herrn, der sie anführte, immer häufiger höchst mißtrauische Blicke zu.

Wer weiß, was noch alles geschehen wäre, wenn sich nicht unter den Passanten vorm Kaufhaus ein kleines Mädchen von etwa sechs Jahren befunden hätte! Dieses Kind, das Mariechen hieß, stand mit seiner Mutter in der Ansbacher Straße. Die Mutter tauschte mit den Umstehenden allerlei Vermutungen aus. Mariechen hingegen betrachtete, von Problemen unbeschwert, die Schaufenster.

Plötzlich sagte das Kind sehr laut und aufgeregt: »Mutti, guck mal! Die große Puppe klappert mit den Augen!«

Alle, die Mariechens Bemerkung gehört hatten, blickten wie auf Kommando in das zunächst befindliche große Schaufenster.

Mitten in der Auslage, zwischen Mänteln, Schals, Hüten, Pyjamas und Oberhemden, saß eine elegant gekleidete Schaufensterpuppe.

Ein vornehmer älterer und glattrasierter Herr...

»Das ist ja ein Mensch!« schrie eine gellende Stimme.

Das neunzehnte Kapitel
Herr Kühlewein lernt das Fürchten

Als das Polizei-Auto vor dem Gebäude Beuststraße 12a hielt, machten die Fahrgäste zunächst einmal große Augen. Und der Kriminalkommissar sagte: »Seit wann residieren denn Einbrecher in Versicherungspalästen?« Er kletterte aus dem Wagen und war der jungen Dame und den zwei alten Herren beim Aussteigen behilflich.

»Das sind die neuen Moden«, meinte Külz abgeklärt.

Herr Steinhövel zauderte. »Ob wir uns in der Hausnummer geirrt haben?«

Irene Trübner trat rasch zu ihrem Chef. »Das ist doch die Gesellschaft, bei deren Kopenhagener Vertreter wir die Miniatur vor einer halben Woche versichert haben!«

Der Kommissar sprach bereits mit einem der betreßten Torhüter. Dann kam er eilends zurück. »Der Generaldirektor erwartet uns. Der Portier ist angewiesen, uns ins erste Stockwerk zu bringen.« Er lächelte. »Da kann ich wohl meine Leute, die das Haus umstellt haben, wegschicken?«

»Bloß nicht!« rief Külz. »Wer weiß, was hier wieder für ein Schwindel dahintersteckt! Womöglich will man uns in eine Falle locken, und der

Generaldirektor und sogar der Portier sind verkleidete Räuber! Lassen Sie Ihre Wachtposten ruhig noch ein bißchen hier!«

»Na schön«, sagte der Beamte und ging den anderen, die ihm zögernd folgten, voraus. Ein Bote brachte sie in den ersten Stock und führte sie in einen luxuriös eingerichteten Empfangsraum.

Wenig später erschien der Generaldirektor der »Berolina«, Herr Kühlewein. Er sah sehr schneidig und repräsentativ aus, machte sich mit den Herrschaften bekannt und freute sich, wie er mehrfach betonte, ganz außerordentlich, den berühmten Kunstsammler Steinhövel bei sich zu sehen.

Nachdem er ziemlich viel Charme verbreitet hatte, setzte er sich und drückte energisch auf eine Klingel. Dann wandte er sich erneut an den Sammler. »Ich bin über den Abschluß zwischen Ihnen und unsrer Gesellschaft nur in groben Umrissen orientiert. Die Fülle der Geschäfte entschuldigt mich, wie ich hoffe. Immerhin glaube ich gehört zu haben, daß Sie wegen der Miniatur, die Sie in Kopenhagen für sechshunderttausend Kronen erworben und bei Kristensen, unserm dänischen Generalvertreter, mit fünfhunderttausend Mark versichert haben, vorübergehend in einiger Sorge waren.«

Die anderen Anwesenden waren verblüfft und wechselten erstaunte Blicke. Der zierliche alte Herr Steinhövel faßte sich als erster. »Ich war in

Sorge? Erlauben Sie, Herr Kühlewein! Ich bin noch immer in Sorge! In großer Sorge sogar!«

Der Generaldirektor begriff das nicht. »Aber warum denn, verehrter Herr Steinhövel?«

Ein Angestellter, dem das Klingelzeichen gegolten haben mochte, trat ins Zimmer und verbeugte sich.

»Unser Prokurist«, erläuterte Kühlewein. »Lieber Klapproth, hier ist der Tresorschlüssel. Seien Sie so gut, und bringen Sie uns das Päckchen, das die Kopenhagener Miniatur enthält.«

Prokurist Klapproth ergriff den Tresorschlüssel und entfernte sich.

»Nun schlägt's dreizehn!« rief Oskar Külz.

Herr Steinhövel zupfte aufgeregt an seinen Manschetten. »Sie müssen schon verzeihen, Herr Kühlewein, daß wir außer uns sind. Aber die Miniatur, die Sie in Ihrem Tresor zu haben behaupten, wurde vor einer knappen Stunde aus der Wohnung des Herrn Külz gestohlen!«

»Jawohl«, sagte Külz. »Sie hing überm Sofa in der Ladenstube.«

Fräulein Trübner ergänzte: »Weil wir sie für die Imitation hielten. Das war jedoch ein Irrtum.«

Herr Generaldirektor Kühlewein betrachtete die anderen, wie ein Dompteur seine Löwen ansehen mag, wenn er aus purer Vergeßlichkeit ohne Pistole und ohne Peitsche in den Käfig gegangen ist.

Der Kommissar griff ein. »Zur Zeit suchen zwei

Dutzend unserer Motorradstreifen ganz Berlin nach einem Taxi ab, in dem vermutlich der Miniaturendieb sitzt und samt dem echten Holbein fliehen will!«

»Aber das ist doch der helle Wahnsinn!« rief der Generaldirektor. »Ich versichere Sie« – diese Redewendung stammte noch aus seiner Agentenzeit – »ich versichere Sie, daß die Miniatur nicht gestohlen worden ist, sondern wohlbehalten in unserem Tresor liegt und in wenigen Augenblicken Herrn Steinhövel überreicht werden wird!«

»Irrtum ausgeschlossen?« fragte Herr Külz.

»Vollkommen ausgeschlossen!« Aber plötzlich wurde der Herr Generaldirektor unsicher. »Die junge Dame sprach von einer Imitation. Sollten wir die Imitation haben?«

»Nein«, meinte Herr Steinhövel und holte ein Päckchen aus der Tasche. »Die Imitation haben wir bereits.«

Da erschien der Prokurist, Herr Klapproth, wieder, gab seinem Chef den Tresorschlüssel und das Päckchen, das er hatte holen sollen.

Die anderen saßen völlig verzaubert und starrten gebannt auf das geheimnisvolle Päckchen.

»Darf ich bitten?« Herr Kühlewein überreichte es dem alten Sammler mit einer schwungvollen Handbewegung.

Dieser schnürte das Päckchen hastig auf, wickelte das Holzkästchen aus und öffnete es.

»Die Miniatur!« flüsterte Fräulein Trübner. »Tatsächlich!«

Der Sammler zog die Lupe aus der Tasche, unterzog die Miniatur einer kurzen Prüfung, lehnte sich im Stuhl zurück und murmelte: »Unglaublich! Es ist die echte!«

»Nun also!« erklärte der Generaldirektor. Er wandte sich an den Prokuristen und sagte lächelnd: »Die Herrschaften wollten es nicht glauben, sondern behaupteten eben, dieses Päckchen sei vor einer Stunde gestohlen worden und der Dieb suche mit der Miniatur in einem Taxi zu entkommen.« Er zog belustigt die Brauen hoch. »Lieber Klapproth, seit wann liegt das Päckchen, unversehrt auf seinen Herrn wartend, in unserem einbruchsicheren Tresor?«

Der Prokurist beugte sich vor und erwiderte leise: »Seit etwa einer halben Stunde.«

Der Generaldirektor der »Berolina« sprang entsetzt hoch. »Was sagen Sie da? Erst seit einer halben Stunde? Schicken Sie sofort den Angestellten her, der die Sache bearbeitet hat!«

Prokurist Klapproth eilte aus dem Zimmer.

Herr Kühlewein wanderte verstört auf dem großen weichen Teppich hin und her, der den Boden bedeckte, und blickte drohend nach der Tür. »Sie müssen entschuldigen«, begann er, »daß ich soo ...«

»Aus dem Mustopf komme«, fuhr der Fleischermeister hilfreich fort.

Der Generaldirektor lächelte bittersüß. »Ganz recht. Ich erfuhr vor zwanzig Minuten, daß Herr Steinhövel unterwegs sei, um die Miniatur abzuholen. Als Sie mit einem Kriminalkommissar erschienen, wunderte ich mich ein wenig. Aber es scheint, daß ich mich heute noch öfter zu wundern Gelegenheit finden werde.«

»Das walte Gott!« sagte Külz. »Und wir mit Ihnen. Setzen Sie sich beizeiten, Herr General! Das kann nicht schaden!« Dann wandte er sich an Fräulein Trübner. »Ich bin wie vor den Kopf geschlagen. Ist es auch ganz bestimmt die echte Miniatur? Oder nur eine neue Theorie?«

»Es ist das Original«, sagte Herr Steinhövel. »Das ist das Einzige, was bis jetzt feststeht.«

Die Tür öffnete sich. Ein junger Mann trat ins Zimmer.

»Einer unserer Subdirektoren«, erklärte Herr Kühlewein ungnädig. »Er kennt die Materie.«

Der junge Mann, der die Materie kannte, verbeugte sich und kam näher.

Es war Herr Joachim Seiler!

Außer Irene Trübner verstand zunächst niemand, warum der alte Külz aufsprang und wie ein Indianer auf den jungen Mann lostanzte.

Der Stuhl fiel um. Külz rief: »Hurra!« und zog den Subdirektor der »Berolina« an seine Brust. »Bravo, mein Junge!« brüllte er. »Uns so hineinzulegen! Sie sind ein Mordskerl!« Er lachte unbändig. »Ich hab's ja gleich gesagt, daß Sie kein richtiger Gauner sind!« Dann drehte er sich stolz um und wies gravitätisch auf Seiler. »Das ist er, meine Herren! Das ist er!«

»Wer ist das?« fragte Generaldirektor Kühlewein.

Der Kriminalkommissar erklärte: »Es handelt sich vermutlich um den Mann, der vor knapp einer Stunde die Miniatur aus der Wohnung des Herrn Külz entwendet hat.«

»Allmächtiger!« murmelte der Generaldirektor. Man hörte fast, wie ihm eine Gänsehaut über den Rücken kroch. »Seiler, Sie sind ein Dieb?«

Der junge Mann zuckte verlegen die Achseln. »Es mußte sein! Lieber Herr Külz, ich ersuche nachträglich um die Erlaubnis, bei Ihnen stehlen zu dürfen!«

»So oft Sie wollen, mein Junge!« rief Külz. »Ich bin ja so froh, daß Sie kein Einbrecher sind, sondern nur einbrechen!«

Joachim Seiler meinte: »Es war ziemlich verwikkelt. Ich hatte den Eindruck, daß die Polizei nur einen Bruchteil der Bande in meiner Wohnung erwischt hatte. Ich begab mich eigentlich nur vorsichtshalber in Ihre Wurstfabrik, Papa Külz. Es wäre natürlich ebensogut möglich gewesen, daß die Miniatur bereits in Herrn Steinhövels Villa angekommen war. Sie war aber nicht. Sie hing über Ihrem Sofa.«

Der alte Kunstsammler war nachdenklich geworden und fragte: »Wußten Sie denn, daß Sie in Warnemünde nicht das Original, sondern die Kopie gestohlen hatten? Oder war das ein bloßes Versehen?«

Generaldirektor Kühlewein schnappte merklich nach Luft. »Was denn? In Warnemünde hat unser Herr Seiler auch schon gestohlen?«

»O ja«, erwiderte der junge Mann bescheiden. »Es mußte sein! Man kann nicht immer, wie man will. Als in der Tanzdiele das Licht erlosch, war mit Glacéhandschuhen nichts mehr auszurichten. Ich riß Fräulein Trübners Handtasche auf, griff rasch hinein und entwendete die Miniatur.«

Der Kommissar blickte den Delinquenten mißtrauisch an. »Wie kommt es dann, daß Sie in Warnemünde zwar das Original stahlen, daß wir aber in Ihrer Wohnung die Imitation fanden? Ich danke Ihnen übrigens dafür, daß Sie uns die Bande ausgeliefert haben!«

»Gerne geschehen!« sagte der junge Mann. »Was nun die beiden Miniaturen anlangt, war die Manipulation sehr einfach. Als das Licht erlosch, lag die Kopie noch auf dem Tisch. Sie war ja Herrn Külz gerade erst von der Bande heimlich zurückgebracht worden! Ich stahl im Dunkeln das Original aus Fräulein Trübners Handtasche. Dann legte ich es, als sei es die Kopie, auf den Tisch, und nun stahl ich die Kopie! Und mit der Kopie rückte ich aus.« Er besann sich und lächelte amüsiert. »Na ja. Nun mußten selbstredend alle Beteiligten glauben, ich sei mit dem Original verschwunden! Dadurch verlor die Bande an Fräulein Trübner und Herrn Külz jegliches Interesse. Sie verfolgte von jetzt ab mich und das vermeintliche Original in meiner Tasche. So gelang es mir, die Kerle von Warnemünde bis nach Berlin hinter mir herzulocken. Und dann ließ ich sie in meiner Wohnung verhaften. Es war verhältnismäßig einfach, wie Sie sehen. – Und das wirkliche Original war vorläufig in Sicherheit. Und Fräulein Trübner und Herr Külz auch.«

»Großartig!« rief der Fleischermeister. »Fabelhaft! Wenn man so was hört, könnte man neidisch werden!«

Der alte Kunstsammler nickte bedächtig.

Generaldirektor Kühlewein allerdings, der war gebrochen! Solche Methoden waren ihm im Versicherungsgewerbe neu.

Joachim Seiler fuhr in seinem Bericht fort. »Während ich von meinem Stammcafé aus zusah, wie das Überfallkommando die Bande aus meiner Wohnung herausholte, erhielt ich vom Bandenchef, der sich übrigens noch immer in Freiheit befindet, einen Brief. Kurz darauf fuhr er in einem Taxi an mir vorüber. Er hatte sich zwar seinen prächtigen weißen Bart abnehmen lassen, aber ich erkannte ihn trotzdem. Und nun bekam ich's von neuem mit der Angst. Ich fuhr schleunigst zur

Yorckstraße und besuchte Frau Külz. Falls die Miniatur dort war, mußte sie unbedingt in Sicherheit gebracht werden. Und so stahl ich, nachdem ich in Warnemünde die Kopie gestohlen hatte, in Berlin auch noch das Original. Wenn man erst einmal auf die schiefe Ebene gerät, gibt es kein Halten mehr.«

»Und jener Mann, den unsere Motorradstreifen verfolgen, ist der Chef der Bande?« fragte der Kommissar.

»Wir wollen's hoffen«, meinte Joachim Seiler. Er war etwas unaufmerksam geworden und blickte zu Irene Trübner hinüber, die versonnen aus dem Fenster sah.

»Können Sie hexen?« fragte der Kommissar. »Wann haben Sie bloß Zeit gefunden, den Verkehrsschupos im Westen jene Zettel mit der Nummer des Taxis zuzuwerfen, in dem Ihr rasierter Räuberhauptmann saß?«

»Hexen kann ich nicht«, antwortete der junge Mann. »Und mit den Zetteln habe ich nichts zu tun. Die muß mein Freund Struve verteilt haben.«

Külz lachte aufgeräumt: »Der kleine Dicke aus Bautzen ist Ihr Freund? Na hören Sie, der hat ja einen schönen Spektakel gemacht, weil man ihn verhaftet hatte.«

»Ich weiß«, sagte Seiler. »Wir trafen uns im Café. Und ich schickte ihn schleunigst hinter dem Räuberhauptmann her. Wer weiß, wo er jetzt steckt. Hoffentlich ist ihm nichts zugestoßen.«

Der Kommissar setzte dem Generaldirektor auseinander, wieso ein Komponist namens Struve verhaftet worden war.

»Entsetzlich!« erklärte Herr Kühlewein fassungslos. »Unter falschem Namen ist unser Subdirektor auch aufgetreten?«

»Es mußte sein«, behauptete Joachim Seiler. »Ich war in Kopenhagen Zeuge, wie Fräulein Trübner und Herr Külz von einigen Mitgliedern der Bande beobachtet und verfolgt wurden. Deswegen suchte ich, unter fremdem Namen und Vorwand die Bekanntschaft der beiden Herrschaften zu machen. Ich mußte in nächster Nähe sein, wenn es ernst werden sollte!«

Irene Trübner sagte: »Herr Seiler erfand sogar eine Leipziger Cousine, die Irene heißt. Und einen Vetter, der in Hannover als Ohrenarzt sein Dasein fristet.«

»Die Cousine war gelogen«, gab der junge Mann zu. »Doch der Ohrenarzt stimmt!«

Generaldirektor Kühlewein rang die Hände. »Welche Delikte haben Sie eigentlich in den paar Tagen nicht begangen? Wie?«

»Liegt Ihnen an einer exakten Aufzählung?« fragte Seiler.

»Nein!« rief Herr Kühlewein. »Nein! Setzen Sie sich endlich hin, Sie Verbrecher!«

Joachim Seiler nahm Platz. Er hatte mörderischen Hunger. Am liebsten wäre er auf der Stelle in die nächste Aschingerkneipe gelaufen.

Während der Kriminalkommissar dem Kunstsammler und dem Generaldirektor in logischer und historischer Folge die abenteuerliche Geschichte der beiden Holbein-Miniaturen darlegte, betrachtete der junge Mann die junge Dame und fürchtete, sein Magen könne knurren.

Als der Kommissar seinen Bericht beendet hatte, erhob sich der zierliche alte Herr Steinhövel, reichte dem jungen Mann die Hand und sagte: »Ich danke Ihnen herzlich und beglückwünsche Sie zu Ihrer Belohnung.«

»Zu welcher Belohnung denn?« fragte Seiler.

»Herr Steinhövel hat für die Wiederbeschaffung der Miniatur eine Belohnung von zehntausend Mark ausgesetzt«, erwiderte der Kommissar. »Es steht doch heute in allen Blättern!«

»Ich habe noch keine Zeitung gelesen. Man kommt ja zu nichts!« sagte der junge Mann. »Aber zehntausend Mark kann man immer brauchen.«

Das zwanzigste Kapitel
Nun stimmt's aber!

Generaldirektor Kühlewein saß in Gedanken. Er verarbeitete, was er erfahren hatte, und wußte noch immer nicht, ob er sich freuen oder ärgern sollte. Es ist ja auch manchmal schwer, von beidem das richtige zu wählen. Vor allem für nüchterne Menschen, die sowohl Verdruß als Freude Anstrengung kostet.

Joachim Seiler enthob ihn des weiteren Nachdenkens und sagte: »Ich habe den Eindruck, daß Sie die Maßnahmen, die ich für nötig hielt, mehr oder weniger mißbilligen!«

»Ganz recht«, erwiderte der Generaldirektor.

»Und Sie halten es«, fuhr Seiler fort, »für sittenwidrig, daß ich dafür auch noch zehntausend Mark erhalten soll.«

»Ganz recht«, bestätigte der Generaldirektor.

Der junge Mann erhob sich verstimmt. Seine Augen blitzten. »Unter diesen Umständen möchte ich Herrn Steinhövel mitteilen, daß ich auf die mir zugedachte Belohnung verzichte. Falls es einen Fonds für notleidende Generaldirektoren geben sollte, schlage ich vor, die zehntausend Mark diesem Fonds zu überweisen. Und Herrn Generaldirektor Kühlewein bitte ich um meine sofortige

Entlassung. Mahlzeit!« Er verbeugte sich kurz und ging zur Tür.

Doch Fleischermeister Külz war rascher. Er postierte sich vor der Tür und versperrte den Weg. »So ein Hitzkopf!« rief er. »Das erlaube ich nicht. Ist das hier eine Versicherungsgesellschaft oder ein Kindergarten? Herr Steinhövel hat seinen Holbein wieder. Die Versicherungsgesellschaft hat eine halbe Million Mark gespart. Die Polizei hat eine Verbrecherbande erwischt. Was verlangen Sie eigentlich noch von Ihren Angestellten, Herr Generalbürokrat?«

»Bravo!« sagte Herr Steinhövel und applaudierte geräuschlos. »Sollten Sie die Kündigung annehmen, engagiere ich den jungen Mann vom Fleck weg. Und die Belohnung, lieber Herr Seiler, die gehört Ihnen, ob Sie nun wollen oder nicht! Sie werden mich doch nicht beleidigen!«

Papa Külz schob seinen Arm unter den des jungen Mannes und führte ihn mit sanfter Gewalt ins Zimmer zurück.

Herr Kühlewein stand auf. Er war befangen. »Ich nehme Herrn Seilers Kündigung nicht an. Die Herrschaften entschuldigen mich. Die außergewöhnliche Sitzung hat außergewöhnlich viel Zeit beansprucht. Ich muß in mein Büro. Zu ganz gewöhnlichen Geschäften.« Er wandte sich an Seiler. »Ich möchte Sie noch sprechen, bevor Sie aus dem Haus gehen, Herr Direktor!«

Dann entfernte er sich. Schneidig und repräsentativ, wie er's gewohnt war. Übung macht den Meister.

Nachdem die Glückwünsche vorüber waren, mit denen der neugebackene Direktor überschüttet worden war, sagte Herr Külz befriedigt: »Dieser Generaldirektor ist schlauer, als ich dachte. Er hat gelernt. Das ist in seinem Alter eine geradezu übermenschliche Leistung.«

Der Kriminalkommissar blickte auf die Uhr und war überrascht. »Ich muß mich verabschieden. Auch ich muß ins Büro. Die Bande, die Herr Direktor Seiler freundlicherweise in seiner Wohnung eingesperrt hatte, brennt darauf, sich mit mir ausführlich zu unterhalten.«

»Erinnern Sie mich nicht an meine Wohnung!« bat der junge Mann. »Ich fürchte, die Bande hat, als das Überfallkommando anrückte, mein bescheidenes Mobiliar zu Barrikaden verarbeitet.«

Der Kunstsammler reichte dem jungen Mann einen Scheck. »Hier ist die Belohnung, Herr Direktor. Für den in Ihrer Wohnung entstandenen Schaden komme ich selbstverständlich auf.«

Sie gaben einander die Hand. Seiler bedankte sich. Der Sammler winkte ab. »Dieser Holbein«, er wies auf das Holzkästchen, »bedeutet für mich alten Narren viel mehr, als sich in Ziffern ausdrücken läßt. Fräulein Trübner wird so nett sein,

Ihnen bei der Beschaffung der neuen Möbel zu helfen.«

»Großartig!« Seiler war begeistert. »Ich halte viel von Fräulein Trübners Geschmack.«

Es klopfte.

Ein Polizist trat ein und schlug die Hacken zusammen. »Herr Kommissar, Inspektor Krüger schickt uns. Wir sollen Ihnen einen Mann vorführen, den wir im Kaufhaus des Westens aus einem Schaufenster herausgeholt haben. Stören wir? Der Inspektor meinte, hier seien Herrschaften, die den Mann identifizieren und auch sonst zweckdienliche Angaben machen könnten.«

»Warum bringt ihr denn nicht gleich das ganze Untersuchungsgefängnis mit?« fragte der Kommissar. »Also herein mit dem Kerl!«

Der Wachtmeister rief etwas in den Korridor hinaus und trat zur Seite. Etliche Polizisten führten einen älteren elegant gekleideten Herrn ins Zimmer. Er war glattrasiert, schaute sich gelassen um und runzelte, als er Joachim Seiler entdeckte, die hohe Stirn.

Hinter den Beamten schusselte der kleine dicke Komponist Struve ins Zimmer. Die blonde Mähne hing ihm in Strähnen ins Gesicht. Und die Krawatte war arg verrutscht. »Ich hatte gehofft, Sie niemals wiederzusehen«, sagte er streng zum Kommissar. Dann begrüßte er die anderen. Zuletzt seinen Freund Seiler. »Menschenskind, hoffentlich habe ich den Richtigen aufgetrieben.«

»Es ist der Richtige«, erwiderte Seiler. »Der weiße Bart ist zwar verschwunden, und die dunkle Brille auch. Doch der Herr, der so gern Briefe schreibt, ist übriggeblieben.«

»Wahrhaftig«, flüsterte Irene Trübner. »Jetzt erkenne ich ihn auch wieder.«

»Der Herr aus der Pension Curtius!« erklärte Fleischermeister Külz überrascht. »So muß ich Sie wiedersehen!«

»Ich hätte uns gern den Anblick erspart«, entgegnete der Verhaftete zuvorkommend.

Der Kriminalbeamte fragte: »Wie heißen Sie?«

»Professor Horn.«

»Sollten Sie sich da nicht irren?« fragte der Kommissar. »Wäre es nicht ebensogut möglich, daß Sie gar kein Professor sind und Klotz heißen?«

»Auch das ist möglich«, sagte der Bandenchef. »Es wäre unhöflich, Ihnen zu widersprechen.«

»Ein ungewöhnliches Zusammentreffen«, behauptete der Kommissar. »Es ist zwar schon oft vorgekommen, daß Ihre Firma einen Diebstahl beging und daß wir Sie nicht gekriegt haben. Aber daß Ihnen ein Diebstahl mißlang und wir Sie trotzdem erwischt haben, ist neu.«

»In der Tat«, meinte der Professor. »Ein Novum! Daran ist der junge Mann schuld.« Er wies auf Seiler. »Ich glaubte, bis ich dieses Zimmer betrat, er sei ein Konkurrent von uns. Und nun muß ich zu meinem Bedauern feststellen, daß er seine

Talente als sogenanntes nützliches Glied der sogenannten menschlichen Gesellschaft vergeudet.« Er blickte Seiler spöttisch an. »Es berührt mich schmerzlich, Sie in dieser Umgebung zu sehen. Sie berauben sich vieler Abenteuer und verscherzen sich eine große Zukunft.« Er zuckte die Achseln. »Ich schlage vor, daß man mich von hier entfernt.«

»Ein Vorschlag, der vieles für sich hat«, sagte der Kommissar und gab den Polizisten einen Wink. Sie verließen mit Herrn Klotz das Zimmer. – Struve wurde von dem Kommissar wegen seines Erfolges als Kriminalist belobigt.

Der Komponist wehrte die Komplimente ab. »Ich hab's ja nur getan, weil mir Seiler versprochen hat, mir nun den Kerl zu zeigen, der sich widerrechtlich meines Namens bedient hat. Damit ich endlich die Ohrfeigen loswerden kann, die in mir schlummern.«

»Sie wissen nicht, wer der falsche Struve war?« fragte Irene Trübner verblüfft.

»Ich habe keine Ahnung«, erwiderte Struve.

Külz schmunzelte. »Na, da können Sie ja nun Ihre Backpfeifen an den Mann bringen.«

»Was denn?« Der kleine dicke Musiker starrte den Fleischermeister an. »Der Bursche ist hier im Zimmer?«

Die anderen nickten.

»Seiler«, murmelte Struve. »Wer von den Anwesenden war's? Schnell! Spanne mich nicht auf die längst abgeschaffte Folter!«

»Ich war es selber!« antwortete der junge Mann. »Rudi, nimm mir's nicht allzu übel. Mir fiel gerade kein anderer Name ein. So, und jetzt hau kräftig zu. Ich verspreche dir, nicht wiederzuhauen.«

Struve lächelte verlegen. Dann gab er Seiler einen kräftigen Rippenstoß und meinte: »Unter Freunden? Nee. Nun steh ich mit meinen zwei latenten Ohrfeigen in der Beuststraße und weiß nicht, wohin damit!«

»Das muß ein scheußlicher Zustand sein«, meinte der alte zierliche Herr Steinhövel.

Der Kommissar war gegangen, um die Zivilbeamten, die das Versicherungsgebäude noch immer mit Argusaugen bewachten, heimzuschicken.

Herr Steinhövel hatte nach seinem Wagen telefonieren lassen. Sie saßen und warteten. Külz schilderte dem Komponisten die Abenteuer, die Seiler zwischen Kopenhagen und Berlin bestanden hatte. Er ruderte mit beiden Armen, während er sprach und konnte sich nicht genug tun. Schon jetzt, wenige Stunden nachdem sie geschehen waren, gerieten die Taten des jugendlichen Helden ins Überlebensgroße.

Der alte Sammler hörte lächelnd zu und dachte: »Der Volksmund öffnet sich und siehe, er hat vierundsechzig Zähne! Früher tötete man Drachen, heute erlegt man Hochstapler. Nur die Nebensachen ändern sich. Die Mythenbildung überlebt die Technik.« Je mehr er sich in geschichtsphilosophische Vermutungen verstrickte, um so weniger hörte er zu.

Auch Seiler hörte nicht zu. Er saß neben Irene Trübner und fragte, wie schon einmal vor vierundzwanzig Stunden: »Wollen wir uns wieder vertragen?«

Sie ließ die Frage unbeantwortet und erklärte: »Ich komme heute abend in Ihre Wohnung, Herr Direktor, und werde mir den Schaden besehen. Morgen können wir dann neue Möbel kaufen. Ich kenne verschiedene Geschäfte, wo man gut und preiswert bedient wird.«

Er schwieg.

»Paßt es Ihnen heute abend gegen sieben Uhr?« fuhr sie fort. »Sie wohnen ja ganz in meiner Nähe. In der Holtzendorffstraße, nicht wahr? Welche Nummer, bitte?«

Er betrachtete sie feindselig. Seine Augen glichen feurigen Kohlen.

Sie sagte: »Ach nein! Sie wohnen ja gar nicht in der Holtzendorffstraße. Das war ja gelogen, Herr Direktor! Darf ich um die wirkliche Adresse bitten? Aber nicht nur ungefähr, ja?«

Er rückte von ihr ab. »Ich verzichte auf Ihre gütige Mitwirkung. Einen Tisch und ein paar Stühle kann ich mir auch allein besorgen.«

»Mein Chef hat mich beauftragt, Ihnen zu helfen. Ich komme gegen sieben Uhr. Ich bin in geschäftlichen Angelegenheiten sehr zuverlässig.«

Er rutschte auf dem Stuhl hin und her, als säße er auf einem in Betrieb befindlichen Spirituskocher. »Ich öffne nicht. Sie brauchen nicht zu kommen. Ich huste auf Ihre Hilfe. Lieber will ich bis an mein Lebensende in einem Hühnerstall wohnen.«

»Also gegen sieben Uhr«, erwiderte sie unerschütterlich. »Es bleibt dabei.«

Seilers Geduldsfaden riß. Er sprang auf. »Unterstehen Sie sich!« rief er. »Wenn Sie kommen sollten, werfe ich Sie die Treppe hinunter! Ich wohne im vierten Stock, das lohnt sich!« Dann raste er aus dem Zimmer und knallte die Tür zu.

»Grundgütiger Himmel!« sagte Külz erschrokken. »Was hat's denn gegeben?«

»Nicht das geringste«, behauptete Fräulein Trübner.

»Na, ich weiß nicht!« erklärte der kleine dicke Herr Struve. »Wenn mir jemand mitteilte, daß er mich die Treppen hinunterwerfen will, würde ich das doch etwas seriöser auffassen.«

»Er hat es aber gar nicht Ihnen, sondern mir mitgeteilt«, meinte sie. »Das ist ja doch ein Unterschied!«

Ihr Chef, der Kunstsammler, rieb sich die Hände. Das hing zwar irgendwie mit seiner mangelhaften Blutzirkulation zusammen, wirkte aber immer, als ob er sich besonders behaglich fühle. »Wenn es keine Drohung war«, stellte er scharfsinnig fest, »dann kann es nur eine Liebeserklärung gewesen sein.«

»Wahrhaftig?« fragte Külz. »Na, da gratulier ich von ganzem Herzen, mein Kind. Ich habe lange nicht mehr Pate gestanden.«

Und obwohl es nicht üblich ist, dafür, daß man die Treppe hinuntergeworfen werden soll, Gratulationen entgegenzunehmen, neigte Irene Trübner den hübschen Kopf und sagte: »Besten Dank, meine Herren!«

Ein Hausbote meldete, Herrn Steinhövels Auto sei vorgefahren.

Man brach auf.

Der Kunstsammler hielt den Fleischermeister zurück und gab ihm ein Holzkästchen. »Das hätte ich ja fast vergessen! Darf ich Ihnen die Holbeinkopie, die Ihnen längst gehört, noch einmal, und nun für immer, schenken?«

Külz schüttelte ihm die Hand und steckte das Kästchen ein. »Das soll mir eine bleibende Erinnerung sein. Und meiner Emilie kauf ich eine Tafel Schokolade.«

Das Zimmer war höchstens eine halbe Minute leer.

Da kehrte Irene Trübner verstohlen zurück, hob den Telefonhörer ab und ließ sich mit dem Direktor Seiler verbinden.

»Hallo!« Seine Stimme klang rauh und heiser.

Sie antwortete nicht, sondern spitzte die Lippen.

»Hallo!« rief er mürrisch. »Zum Donnerwetter! Wer ist denn dort?«

»Die Irene«, sagte sie leise. »Wollen wir uns wieder vertragen?«

Herr Steinhövel hatte in seinem Wagen Platz genommen. »Wo ist denn meine Sekretärin?« fragte er.

Rudi Struve zeigte auf das Portal des Versicherungsgebäudes. Die drei Männer lächelten.

Külz trat dicht an den Wagen und sagte: »Lieber Herr Steinhövel, wollen Sie mir noch einen sehr großen Gefallen tun?«

»Gerne!«

Külz holte das Kästchen aus der Tasche und gab es dem Sammler. »Sehen Sie doch, bitte, noch einmal genau nach, ob es auch ganz bestimmt die richtige Miniatur ist. Wenn es wieder die falsche wäre ...«

Herr Steinhövel lachte. »Es ist bestimmt die falsche.«

»Mit der falschen mein ich die echte«, erklärte Papa Külz.

»Na schön!« Der Sammler zog die Lupe aus der Tasche, klappte das Kästchen auf, betrachtete die Miniatur, die er verschenkt hatte, und erschrak. »Tatsächlich!« rief er. »Ich habe Ihnen das Original gegeben!«

»Entsetzlich!« murmelte Papa Külz. »Dann hätte das ganze Theater wieder von vorn anfangen können! Es ist nicht auszudenken!«

Herr Steinhövel versorgte den echten Holbein gewissenhaft in der Brusttasche, gab Külz das andere Kästchen und sagte: »Nun stimmt's aber!«

In diesem Augenblick trat Irene Trübner aus dem Gebäude und nickte den drei Herren glücklich zu.

Bücher von Erich Kästner

Notabene 45
Der kleine Grenzverkehr
Fabian
Die verschwundene Miniatur
Kurz und bündig
Drei Männer im Schnee
Doktor Erich Kästners
Lyrische Hausapotheke
Bei Durchsicht meiner Bücher
Die kleine Freiheit
Der tägliche Kram
Die dreizehn Monate
Die Schule der Diktatoren
Herz auf Taille
Lärm im Spiegel
Ein Mann gibt Auskunft
Gesang zwischen den Stühlen